「青春だとも。
体重だけでなく、
柔肌のぬくもりを存分に堪能してくれ」

僕を連れて。
高く高く。
さらに高く高く。
そして速く速く速く速く。
天空を舞い上がる。

夢と現実

あわいの世界で──

氷川アオイ《ひかわあおい》
祥雲院ヨリコ《しょううんいんよりこ》
星野ミウ《ほしのみう》

天神《あまがみ》ユミリ《ゆみり》
喜多村《きたむら》トオル《とおる》

Love comedy
In the dark
Contents

ラブコメ・イン・ザ・ダーク

鈴木大輔

MF文庫J

口絵・本文イラスト●tatsuki

天神《あまがみ》ユミリはボランティアでヒーローをやっていた。

なんて書くと、彼女がまるで不真面目な人物のように聞こえてしまうだろうか？　まあ実際のところ、あいつはお世辞にも真面目なキャラではなく、血ヘドを吐いて石にかじりついてでも世界を救う——なんて真似《まね》が、それこそ世界でいちばん似合わないヤツだったんだけど。

とはいえ彼女は本物だった。

間違いなくヒーローで、疑いようもなくボランティアだった。

理不尽をなぎ倒し、不合理を蹴散らし、不可能をあざ笑う、孤高にして唯一無二の存在。ゆえにヒーロー。誰にも知られないがゆえにボランティア。

これは、そんな天神ユミリの物語で。

そして、僕が世界の敵だったころの物語だ。

……ああダメだ。

これじゃ言いたいことの万分の一も伝わらない。

ええともう一回説明すると、僕の名前は佐藤《さとう》ジローで、天神《あまがみ》ユミリの恋人でした。付け加えるなら身体《からだ》の関係もありました。すんごいベロチューもしたし、それ以外のことも、まあいろいろと。……いやいや、そんないいものじゃないから石を投げないで。自慢してるわけでもないしマウントを取りたいわけでもない。ダメだな、どうも彼女の話をしようとすると、僕は自分のペースを保てなくなる。

よし。

気持ちの切り替えOK。

とにかく話を始めてしまおう。始めてしまえば何とかなるさ。最後にこの物語の内容をひとことでまとめて、それでこのプロローグらしき駄文を〆《しめ》させていただく。

この物語は僕こと佐藤ジローが、天神ユミリを殺すまでのお話です。

第一話

彼女と最初に出会ったのは夢の中だった。

いざ言葉にしてみるとこの時点ですでに色々おかしい。夢の中で出会うって何。思春期か。いや思春期なんだけどさ。十六歳だし。

さておき。

そのころの僕は有頂天だった。なぜなら夢を自由に操ることができたから。

†

『世の中はクソだ』

とは誰しも思うことで、紛《まが》うかたなき事実でもある。

僕の場合はまずオカンがクソだった。とかく口うるさい、他人の部屋にずけずけと入り込んでは勝手に掃除をする。四十歳を超えて厚化粧の武装を覚え、井戸端会議とワイドショーが何よりの大好物という、これはもうクソofクソ、救いようのない大クソと言っていい。

学校もクソだった。クラスメイトは交尾のことしか頭にない低脳ぞろい、スマホを弄《いじ》ることとSNSを上手《うま》く使いこなすことばかり得意になったサルの群れ。僕はその群れの中でひたすら目を閉じ、ヘッドフォンを大音量にして無意味な時間をやり過ごす。僕に関わってくる人間といえば、校内で一番のヤンキーぐらいのもので、それも口を開けば「オイこらジロー。今日はアンパン買ってこいや。フルーツ牛乳も忘れんじゃねーぞコラ」みたいなことしか言わない。

そのころの僕の世界は、自分の家と学校のふたつでほぼ100パーセントが占められていたから、その両方がクソだということは、つまり何もかもがクソということだった。

〝力〟を持てたのは単なるラッキーだと思う。

運がよかった。ここだけは本当にツキがあった。

人生は宝くじみたいなもの。外れる時は外れるし、当たる時は当たってしまうんだよな。

†

「あ――――っはっはっはっはっは!!!!!」

現世《うつしよ》は夢。夜の夢こそまこと。

そう喝破した作家がかつていた。

名言中の名言であり、事実でもある。そのことを僕はよく知っている。


「さすがですジロー様！」

取り巻きAがこびへつらう。

「お見事ですジロー様！」

取り巻きBがすり寄ってくる。

「素晴らしいですジロー様！」

取り巻きCが靴を舐《な》めんばかりにゴマをする。


今宵《こよい》は宴《うたげ》だ。

ヴェルサイユもかくやという豪奢《ごうしゃ》な宮殿にずらりと並ぶのは、着飾った美男美女、勇壮な近衛《このえ》たち、そして目もくらむような美酒と美食。

玉座にましますは、世界の頂点に立つこの僕。佐藤《さとう》ジロー。

「あーっはっはっはっは！」

ワイングラスを片手に僕は哄笑《こうしょう》する。

「さあ飲め！　踊れ！　歌え！　今夜は無礼講だ！　好きなだけ騒いで痴態をさらせ！」

「仰せのままに、ジロー様！」

「さあ飲んで踊って歌いましょう！　ジロー様ばんざい！　ジロー様に栄光あれ！」

ここは僕の〝王国〟だ。

といっても夢の世界での話なんだけど。でも夢と現実に区別がつかないなら、どちらを現実として受け取るかは当人の自由、だと思うんだな。

気づいたのはごく最近だ。きっかけも特にない。本当にごくたまたま、その力は僕に、青天《せいてん》の霹靂《へきれき》よろしく備わった。

夢。

一説によれば睡眠中、ヒトの脳が記憶を整理している間に視《み》る幕間《まくあい》のようなもの、とされているとりとめのないビジョン。

夜ごとに視るそれを、僕は自由に操ることができるのだ。

なぜかと言われても困る。できるヤツはできるし、できないヤツはできない。両者の間には、耳を動かせるヤツと動かせないヤツぐらいの差しかなくて、いざ口で説明しようとすると途端に言葉に詰まってしまう。

僕はある日、前者になった。

それ以外の理由はない。さっきも言ったけど、こんなのは宝くじなんだ。この世界のほとんどのことは運で決まる。

というわけで僕は僕の夢を見る。

好き勝手で自由な夢だ。これがあるからこそ、僕はかろうじて現実世界から脱落せずにやっていける。


取り巻きAに声を掛ける。

「おいお前」

「なんでしょうジロー様!」

「こっちへきて肩を揉《も》め」

「はい喜んで!」


取り巻きBに声を掛ける。

「おいお前」

「なんでしょうジロー様!」

「スカートの丈が長い。もっと短くしてこい」

「はい喜んで！」

取り巻きCに声を掛ける。

「おいお前」

「なんでしょうジロー様！」

「ちょっとパンツ見せてみろ」

「はい喜んで！」

僕の命令を受け、恍惚《こうこつ》の表情で従う取り巻きたち。

ちなみに取り巻きは可愛《かわい》い子ばかり選んでいる。取り巻きAはクラスメイトの生意気な委員長で、取り巻きBはいつも僕にゴミを見るような視線《しせん》を向けてくるギャルで、取り巻きCはせっかく話しかけてやったのに聞こえないふりをしやがった文芸部員。そいつらが着ているのは、メイド服だったり、チャイナドレスだったり、ナース服だったり。

まあ要するに、この世界は僕の趣味が全開なわけだ。

現実のムカつく女どもに自分の好きな服を着せて、絶対服従させることができる。

こんな素晴らしい世界が他にあるか？　夢を自由に操れるっていうのはこういうことなんだ。ＶＲ技術より何歩も先を行く、文字どおり夢みたいな力なんだよ。

僕はご満悦。ワイングラス片手に次なる命令を出す。

命令の相手は、いつも僕をパシっているヤンキーだ。

「おいお前」

「……なんだよ」

「アンパン買ってこい。ついでにフルーツ牛乳もな」

「ふざけんな！　誰がテメーなんかにパシられるかよ！」

こういう跳ねっ返りも僕の王国にとって適度なスパイスとなる。僕を崇拝し、絶対服従してくるやつらばかり囲っても、面白みがないってもんだからな。

「いいから買ってこい。一分以内にコンビニまで走って帰ってくるように」

「けっ、誰が従うかよボケが！　ていうかねーだろこの世界にコンビニなんて！」

「僕に不可能はない。たったいま、宮殿の外にコンビニを何軒か作っておいた。セブンでもファミマでも好きなのを選べ。王たる僕の計らいだ、むせび泣いて感謝しろ。あ、ちなみに支払いはお前のＳｕｉｃａでな」

「○ァック！」

「ほう、反抗的じゃないか。ご褒美に赤ちゃんの格好でもさせてやろうか？　おむつとおしゃぶりを装備して、返事は『ばぶー』しか許さない。僕はやさしいから、粗相をした時は手ずからおむつを替えてやってもいい。あ、ちなみにコンビニまでの距離は、ダッシュで五時間ぐらい掛かるからそのつもりで」

「てめ、ふざけ――」

「もうカウントダウン始まってるぞ？　いーち、にーい、さーん――」

「クソッ！　覚えてやがれよテメー！」

捨てゼリフを吐いてヤンキーは走り去っていく。いやパシり去っていく。

いい気分だ。

昼間の恨みは夜の夢で晴らす。

こうして僕は最高にクソな世界とかろうじて折り合いをつけているのだ。いいストレス解消。これがなけりゃ現実なんてやってられない。

「さあ飲め、歌え、踊れ！　今宵《こよい》は宴《うたげ》だぞ！」

「はいジローー様、喜んで！」

「喜んで！」

「喜んで！」

取り巻きどもが復唱し、僕による、僕のための宴は最高潮を迎える。

楽団が陽気な音を奏で、宴に集う人々は酒を酌み交わし、大声で談笑し、大いに笑い合い、宴の主にしてこの世界の主でもある僕を惜しみなく称賛する。

ああ。

いいな。

とてもいい気分。

これこそ僕の世界。あるべき形。

夜の夢で僕は自由。何でもできるし、何に縛られることもない。

全能感の極致。

夜ごと見る夢を好きなように操れるなんて、こんな素敵なことはないが――

ひとつだけ。僕の心にのしかかる事実がある。

それは、夜が明ければ必ず朝がやってくる、ということ。

「そうなんだよなー……」

思わず僕はボヤく。

醒《さ》めない夢はないという冷徹な事実。

朝になれば夢は霧のように消える。起きて着替えて朝飯を食って歯を磨いて電車に乗って、サルばかりの教室で居場所もなく机に伏せって眠ったふりをする、そんなクソみたいな時間がまた始まってしまう。

あーイヤだイヤだ。

せっかく楽しい夢を見てるってのに、嫌なことを思い出してしまった。

夜の夢こそまこと、なんて嘯《うそぶ》いてみても、現実の壁が厚いことには変わりない。

うーん。

なんとかならんのかな、これ？

だって僕は王様なのだ。夢の世界をこれだけ好き勝手にできるのだ。

この力を手に入れたのは最近の話で、夢を自由に操れるという事実に浮かれてしまって、それ以上のことは考えずにいたけれど。でもこの力って、もうちょっと別のことにも使えたりしないだろうか。

現世《うつしよ》は夢で、夜の夢こそまことなのだとすれば。

夜の世界と昼の世界がひっくり返る、そんな荒唐無稽があったって不思議ではないんじゃなかろうか。

それはとても愉快な想像で、実現すればこれ以上なくハイになることで、だったらちょっとここらで真剣に検討してみてもいいんじゃないかと思うわけだ。現実に反旗を翻し、世界の法則を丸ごと塗り替えてしまうような、そんな素敵な夢物語を。


「そいつはいただけないね」


……誰かが言った。

僕ではない誰かだ。

「君の考えは有り体に言って、とても危険だ」

『そいつ』はなおも言う。

僕の宴《うたげ》に現れた、招かれざる闖入者《ちんにゅうしゃ》が。

「文字どおり世界への叛逆《はんぎゃく》だ。大人しく自分だけの妄想に耽溺《たんでき》してさえいれば見逃すこともできたろうに――そんな分を超えた高望みをするとホラ、こうしてぼくみたいなのが現れてしまう」

「………………」

僕は固まった。

杯を握ったまま、一言も発することができないまま、そいつをまじまじと見つめる。

異様な風体をしていた。

フードつきのマントで全身を覆っている。

かぎ爪のような意匠をこらした杖《つえ》を手に握っている。

何より目を引くのが、顔を覆っている仮面。両目にはガラスが嵌《は》まっていて、鷺《さぎ》みたいに長いくちばしがにょきっ、と伸びている。

クロック数が極端に落ちてしまった思考回路を回転させてみると、ペスト医者、という語句に行き当たった。中世ヨーロッパ、黒死病と呼ばれたペストが大流行した際、罹患《りかん》した人々を治療して回った医療従事者。

何より異様なのは、僕はそいつを知らないという事実だ。

だってここは夢の世界なのだ。僕が、自分の好き勝手に操ることができる、僕だけの夢の世界なんだ。僕が知らない誰かが存在するという時点で、それはもう手が付けられないレベルでおかしいのだ。しかもそいつは突如としてそこに現れた。僕がまったく気づかないうちに。

それと声がとにかく耳障り。テレビなんかでよく見る、プライバシー保護のためのボイスチェンジャー、あれを数倍した不快感。耳を通り越して脳が腐ってしまいそう。

宴がぴたりとやんでいる。

宮殿に所狭しと詰めかけた人々は、僕の心理状態を正確にトレースしているのか一言も発さず、指一本たりと動かさず、時間を止めたみたいに凍りついている。

取り巻きAとBとC——委員長とギャルと文芸部員は、不安げに身を寄せ合い、固唾を呑《の》んで成り行きを見守っている。こいつらは高い精度で夢の中に再現した連中なので、こういう時でも自律行動を取るんだよな。でもせっかく不安になったなら僕に寄り添ってくれないか？　変なところまで動きをリアルにしないでほしいんだが。

……とここまで考えて。

ようやく僕は口を開く。

「お前、誰？」

そいつは肩をすくめて言った。

「ぼくかい？」

「ただのお節介焼きだよ。もしくはお医者《ドクター》さんかな」

「何を言ってる？　何の話だそれ？　いや、ていうかそういうことじゃなくてさ。ここって僕の夢の中なんだけど？　僕が自分で好き勝手に操れる夢の中だよ？　なんで僕の知らないヤツがここにいる？」

「それは簡単だ。ぼくが自在だから」

答えになってないことをそいつは言った。

自在だから？　つまり万能で全能ってことか？　もし言葉どおりの意味だったら確かになんだってできるだろうさ。でも僕が訊《き》いてるのはそういうことじゃなくて。

「君の疑問はもっともだ」

心の声が聞こえているのだろうか？

そいつはうんうんと頷《うなず》くそぶりをして、

「でも問題ない。なぜかというと、君の夢はここで終わりだからね」

そう言って、手に持っている杖《つえ》を振りかぶった。

顔がひきつった。

なぜって、そいつの杖が冗談みたいに巨大化して、ついでに形状まで変化して、えぐいトゲトゲつきのハンマーになって、僕の視界を覆い尽くしたからだ。

エアーズロックという、巨大な一枚岩がオーストラリアにあるけれど。あれが自分の真上に浮かんでいるところを想像してみてくれ。その瞬間に僕が感じていた気持ちを、少しは理解してもらえると思う。

「さようなら。病める時も健やかなる時も、どうか良き現実を」

ハンマーが振り下ろされた。

僕は、僕の世界ごと、文字どおり粉砕された。

†

以上が事の顛末《てんまつ》だ。

僕とそいつの第一種接近遭遇における、一方的なエンドマーク。

僕と僕の夢はあっけなく討伐され、僕はダンプカーに轢《ひ》かれた獣みたいな叫び声をあげてベッドから飛び起きた。

シャツは汗みどろ。

喉がからからに渇いて、これでどうやって叫び声をあげられたのか不思議なくらい。

朝。

窓から差し込む陽光に照らされて、細かなホコリがきらきら輝いているのが見える。

今のは夢？　現実？

いやまあ夢なんだろうけど。でもあまりにもリアルというか。

というか僕は自分の夢を好きに操れるわけだし、その時点で普通の人よりは夢をリアルなものとして捉えているはずだけど。それにしても、いかにも、背筋が寒くなるくらい、生々しかったというか。

そうこうしているうちにオカンが部屋に怒鳴り込んできて「ジロー！　いつまで寝てんの！」と金切り声をあげ、僕は「うっせーババア勝手に入ってくんじゃねー！」と叫び返し、それから（我ながらうんざりしつつも）着替えを済ませて朝飯をかきこんで歯を磨いて電車に乗って学校に行った。教室では委員長（取り巻きA）から冷たい目を向けられ、ギャル（取り巻きB）はネイルを塗るのに夢中で僕に気づきもせず、文芸部員（取り巻きC）は小説にかじりついて頑《かたく》なに僕の方へ視線《しせん》をやろうとしなかった。ヤンキーからは「おいジロー今日はクリームパンな」としっかりパシられた。

いつもと変わらない日常だった。

学校から帰るころには落ち着きを取り戻していた。

（昨日の夢はイレギュラーだ）

僕は自分に言い聞かせた。

まあそういうこともあるんだろう。

自由に操れるはずの夢の中で、想定外のことが生じる。そんなこともたまには起きてしまうんだろう。というか僕自身、僕の力がどういうものかよくわかってないんだからさ。想定外のことがあってもおかしくないよな。

「うん。そういうこともあるよ、うん」

納得してその日の夜を迎えた。

クソみたいな日常の憂さを吹き飛ばしてくれる、最高にハイになれる夢。

ひとたび眠ればそこはたちまち僕の王国。

宮殿には今日も人々が集い、宴《うたげ》に酔いしれ、取り巻きAの委員長も取り巻きBのギャルも取り巻きCの文芸部員も僕に心酔し、ヤンキーはコンビニまでパシらされて「覚えてやがれ！」と捨てゼリフを残し、僕は今宵《こよい》も悦に入る。そうそう、こういうのでいいんだよこういうので。世界はこうあるべきなんだよ本来。すべては僕の思い通り、あらゆる人間は僕に絶対服従。まったくもって昼間の時間はクソ、夜の時間こそ僕の真実。いやホント、現実と夢がひっくり返ったらどんなに楽しいだろうか——

「おどろいたね」

……それはこっちのセリフだった。

またあいつだった。ペスト医者。異様な風体で昨夜、僕の夢を粉みじんにした、あの、よくわからんヤツ。

「君、まだ夢を見続けるのかい？　見上げた生命力だな」

「おま、またいきなり現れ――つーかいったい何者――」

「さっそくで悪いけどさようなら。今度こそ良き現実を」

†

そして僕は夢から覚める。

叫び声をあげてベッドから飛び起きて汗みどろで、窓の外は朝の光、スズメの鳴き声がちゅんちゅんちゅんちゅん。

おいおいおいおい。

まじか。

また出たんですがアイツ。

これもイレギュラーか？　いやいや二日連続よ？　いくらなんでもおかしくね？

前日との違いといえば、巨大ハンマーで押し潰されるんじゃなくて、チェーンソーみたいなえぐい機械で細切れにされたことだけど。過程はどうあれ結果は変わらない。僕が好きなようにできるはずの夢の中に、僕の知らない誰かが現れて、そして僕の夢をきれいさっぱりと消滅させていった、というこの現実。

「ジロー！　いつまで寝て――」

「だから入ってくんなババア！」

着替え、朝飯、歯磨き、電車。

学校で取り巻きABCから空気あつかいされ、ヤンキーにパシられながら、僕は顔には出さないように焦りまくる。いやいや。まさか。どうなってる？　それはさすがにないと思うけど、ひょっとして今夜もまた？

「いやはや。まさか今夜もとは」

出た。

ペスト医者。

「二度あることは三度あるというけれど、仏の顔も三度までだよ」

そいつが杖《つえ》を振りかざした。

杖がでっかい筒状の鉄塊に変わり、そういえば戦艦大和が積んでいたご自慢の主砲があんな形状だったな、と気づいた時には大爆音が響き渡り、それと同時に僕と僕の夢は、塵《ちり》ひとつ残さずきれいさっぱりと消滅した。

†

四日目。

五日目。

六日目。

いずれもほとんど同じ結末を辿《たど》った。

僕が夢を見て、夢の中にペスト医者が現れ、夢と僕が破壊される。

ペスト医者の杖は、ありとあらゆる形状に変化した。

それは火炎放射器であったり、機関銃であったり、シンプルに大剣だったり。次第に僕が知らない、兵器なのかどうかもよくわからない、だけどえぐい何かだとはわかる様々なものに形を変え、そして変わらず僕と僕の夢を苛《さいな》み続けた。

十七日目。

一発ギャグしか持ちネタがない芸人だってここまで繰り返さないだろう、ってくらい、同じシチュエーションが繰り返されたところで。

パターンに変化が起きた。

変えたのは僕だ。

その夜の夢にも例によってペスト医者が現れ、やれやれまたかというため息とともにそいつは杖《つえ》を振りかぶり、何だかわからない武器のようなものを振り下ろしてハイ今夜もさようなら、という場面になって。

ぐわしっ、と。

僕はその武器を受け止めた。

「……おどろいたね」

ペスト医者が嘆息する。

「底なしの再生力だけじゃ飽き足らず、耐性まで身につけたのかい？」

「いつまでも！」

僕は歯を剥《む》いて叫んだ。

声が震えている。声だけじゃなくて、武器を受け止めている腕もぷるぷる震えている。少しでも気を抜くと、なんだかよくわからない形状の痛そうなヤツで、今夜も僕は消し飛ばされてしまうだろう。

「やられっぱなしで！　いると！　思うんじゃ！　ねーよ！」

「いい根性だ」

ペスト医者は言った。

仮面の奥でどうやらそいつは笑ったらしい。くっくっく、というくぐもった声が聞こえてくる。例によってボイスチェンジャーみたいに不愉快な声。

「根性とか努力とか、泥臭いのは好きじゃないんだけど。ぼくの治療をこれだけ受けても生き延びているのは称賛に値する」

「なにを、上から、目線で……！」

毒づいてみるが形勢は悪い。

ペスト医者はえぐい凶器（ペンチとパイルバンカーとドリルを足して三で割ったようなヤツ）をいかにも軽い力で押し込んでいるだけ、こちらは全身全霊でそれに耐えているだけ。軽く息を吹きかけただけでも均衡は崩れ、僕はまたぺしゃんこになるだろう。

「つーか何なんだよお前！　勝手に他人の夢ん中に入ってきて！　毎晩毎晩、治療だとか言って夢をツブして！　毎度毎度やられ役になるこっちの身にもなれや！　ていうかこっちは夢の中で楽しんでんの！　妄想は自由！　これって人権なの！　僕は人権を踏み躙《にじ》られてんの！　人権侵害なの！　わかる⁉　夢の中でぐらい好きにさせろよ！　夢の中にさえ居場所がなかったら僕はどこにいけばいいんだよ！」

「魂の叫びをありがとう。では対話に移ろうか」

「へっ？」

ふいにペスト医者が力を抜いた。

凶悪な形状に変化していた凶器が、たちまち元の形状、なんてことのない杖《つえ》の形に戻る。

同時に僕は、つっかえ棒を外された状態になり、前のめりにずっこけた。「ぐへっ!?」

つぶれたカエルみたいな声が出る。無様だ。せめて夢の中でぐらいスマートにやらせてくれよ。

「実のところ、とっくに方針変更は迫られていたのでね」

ペスト医者は、手近にある椅子によっこらせ、と腰掛けた。

おいこら。勝手に寛《くつろ》ぐな。ここは僕の城で、それは僕の想像が創り出した僕の客のための椅子だぞ。今夜もお前が闖入《ちんにゅう》してきたおかげで宴《うたげ》は強制的にお開きになって、城には人っ子ひとりいないけど。

「それにしても面白いよ君」

ペスト医者が言う。

「ここまでぼくの治療を受けて寛解《かんかい》しない病は君が初めてだ。外科的なアプローチで対処するのはもう難しいだろう。はてさてどうしたものか……」

「勝手に話を進めるなよ」

僕は毒づいた。

「ていうかそもそも何なんだよお前は。自分だけ何もかもわかってるみたいな態度で話をされてもついていけねーよ。まず状況を説明しろ。人権侵害の件はとりあえずおいといてやるから」

「ぼくはドクター。お医者さんだよ。治しているのは主に世界」

「………………」

はぁん？

世界を？

治すぅ？

「そして君は病そのもの、病巣の類。ちなみにぼくは医者だから、患者には説明責任を尽くすけれど。病巣そのものに権利を主張されても聞き入れる義理はないんだよ、本来は」

それで毎晩毎晩、僕の夢の中に入ってきて〝治療〟してた、ってわけか？

荒唐無稽。

それこそ架空の妄想を垂れ流しているようにしか聞こえない。

だけどもう、状況がとっくに現実離れしているのは、認めざるを得ない事実。

こいつは医者。

僕は病気。

医者の敵は病気だから、こいつは何度も何度も僕を襲う。

オーケーわかったそれでいい。ぜんぜん納得してないけどそこまでは飲み込もう。でもさっきも言ったよな？　誰がどんな夢を見たところで自由だろ？

「ぜんぜん違うよ」

ペスト医者は首を振る。

「なるほど妄想は自由だろうし、頭の中で考えているだけなら何をしたって罪には問われないだろうさ。だけどね、そもそも前提が違うんだ。君が夢だと思っているものは夢じゃない」

「……どういうこと？」

「言葉どおりの意味さ。君が夜ごと見ている夢、城を構えて王様になり、現実に存在する気に入らない連中を自分の思い通りに操って、飲めや歌えやのらんちき騒ぎを繰り返していること。それはもうひとつの現実なんだ」

言ってることがわからない。

いや内容は把握できるんだが。これまた荒唐無稽で理屈が通じない。

「今の君にはわからないか。でもぼくにはわかる。現状を放置したままたどり着く未来がどういう姿になるのか、容易に想像がつく」

「想像がつくって……どうなるんだ？」

「決まってるさ。この世界は破滅する」

OH……。

こいつはいったい何を言ってるんだジョニー？

HAHAHA。もちろん僕にはわからないよボビー。

「君は気づいてないだろうけど、君が夜ごとに見る夢はすでに現実を浸食し始めている。たとえば君が夢の中で囲っている取り巻きAの委員長、取り巻きBのギャル、取り巻きCの文芸部員。彼女たちはいずれも変調を来しつつあるよ。君が夢の中でささやかな仕返しをしているヤンキーだってそうだ。夢を強制することは、強制された人たちの心と身体《からだ》に大きな負担を強いるから」

膝を組み、頬杖《ほおづえ》をついて、ペスト医者は言う。

「もちろん今はまだ小さな変化だとも。君が夢を自由に操れるようになったのは最近の話だろうからね。でも一ヶ月《いっかげつ》後、半年後、数年後はどうだろう？　大きな病の多くは、ささやかなことの積み重ねとして表出するものだ。というか、君の夢に登場するその他のエキストラたちも、みんな現実世界に存在する人間なのさ。夢の中で君が無意識のうちに自分の世界に呼び寄せているんだよ。そして少しずつ彼ら彼女らを浸食している。そろそろ体調不良を訴えて学校や職場を休む人たちが続出し始めるだろうね。表向きそれはささやかな変化だけど、だからこそ始末が悪い」

「…………」

何を言っているのか相変わらずわからない。

だけど心の中がざわつき始めているのを感じる。

直感、と言っていいかもしれない。

これは現実で、しかも異常事態なんだ。奇妙な力が目覚めたこと。医者を名乗る正体不明なヤツが現れたこと。常識は通じないんだから、何を言っているのかわからないのも当たり前だろう。でも事態は進行している。どう考えてもポジティブではないやつが。

「これは中々の脅威だよ。想定される最終的な被害の規模もけた外れに大きい。誇張ではなくこれは世界の危機だ。そしてぼくにとっての危機でもある。なにせぼくがこれだけ手こずる症状は、君が初めてだから——というか、ただ好き勝手に夢見るだけでまったくの無害な存在なら、わざわざぼくが出張ってきたりはしない。そこまでぼくはヒマじゃないよ。君の優先度はとても高いのさ。くり返すが君は世界の危機だ。何をおいても対処しなければならない、最優先の事案なんだ」

ペスト医者は語調を強める。

どちらかといえば飄々《ひょうひょう》とした、人を食ったしゃべり方をするヤツだけれど。この時ばかりは声に真剣な色が混じる。

「君は自分を取り巻く環境に行き詰まりを感じているね?」

ペスト医者はさらに言う。

「そしてこんな世界はクソだ、とも思っている。違うかい？」

　ちがわない。

　１００パーセント間違いなくそう思っている。

「だったらやはり君は危険だ。ガンジーなみの平和主義者だったとしても好き勝手に夢を見るのは危なっかしいのに、世界を敵視している人間が持っていていい力じゃない。どうにかして処置を施さなければならないね。完治はできなくても緩和はさせてみせる、医者の腕の見せ所さ」

「ふうん。そっか。なるほどな……」

　ペスト医者の言葉を僕はゆっくりと咀嚼《そしゃく》する。

　ここへきてようやく状況が見えてきた。なるほどそういうことだったのか。ペスト医者が夜ごと現れてはしつこく僕の邪魔をしてきた理由。はいはいなるほどね、コイツの言うことが本当であれば辻褄《つじつま》は合う。そうかそうか、そういうことでしたか。

　こいつはまあなんとも。

　いい話を聞かせてもらったもんだ。

「大体わかった」

　僕は言った。

　これまで感じてきた焦りは、もう影も形もない。

「もう一回訊《き》く。他人の夢の中に入り込んでまでペスト医者のコスプレをしているお前は、いったい何なんだ？」

「コスプレとは失礼な。この姿はぼくの心意気だよ。中世ヨーロッパで黒死病が流行した際に活躍したペスト医者の多くは、名も無き市井《しせい》の人々だった。彼ら彼女らは、必ずしも適正な治療を施せたわけじゃないし、そもそも職にあぶれて食いっぱぐれたならず者たちが渋々ながら役職を務めていたのも事実だろうけど、それでも彼らは自らのリスクを顧みずに病疫のはびこる各地を巡って——」

「いやそういう説明はいいから。とにかくお前は世界を治す医者で、僕の夢の中に平気で入り込んでは僕を一方的に痛めつける力を持っていて、それでもなお僕を治すことはできないと。そういう認識で合ってるか？」

「いささか乱暴な解釈だけどね。大筋で合っているとも」

「お前の言ってることが正しいなら、僕は世界の危機と言えるくらいの力を持ちうる存在なんだよな？」

「うん。その通り」

「でもってお前は現時点で、僕を根本的にどうにかすることはできないんだな？」

「業腹だけどね。その通りだとも」

「そして僕の夢は、いずれ現実を浸食する」

「その通りさ」

「そうか。わざわざ教えてくれてありがとよ」

皮肉ではなく本気で感謝だ。

我ながら邪悪な笑いが腹の底からこみ上げてくる。

だってこれは典型的なタナボタで、しかも敵が塩を送ってくれてる状況じゃないか。それこそガンジーだって笑いが止まらないだろうよ。

「決まりだ。僕は世界の敵になる」

僕は言った。

「そしてこの世界をひっくり返してやるよ。僕の夢は現実を浸食するんだろう？　つまり『現世《うつしよ》は夢、夜の夢こそまこと』がマジになるってことだ。いいねいいね、クソつまんねー人生がやっと面白くなってきやがった」

「そいつは困ったね」

「勝手に困ってろヤブ医者。でも感謝はするぜ。ご褒美に、新しい世界を作った暁にはお前を大臣か大統領にでもしてやろうか。僕の忠実な部下としてせいぜい励むといい」

「ご丁寧にどうも」

くっくっく、とヤツは笑う。

王を前にして笑うとは何事だ。今すぐ死刑にしてやってもいいんだが？

「いや何、なんだか愉快な気持ちになってしまっただけさ。これは褒め言葉で言うんだが佐藤《さとう》ジローくん、君は善人だな」

「善人？　僕が？」

「ああ君がだよ。君の夢の世界、すなわち心象風景を見れば一目瞭然だ。好きなだけ自分の欲望を発散できる場で、なおかつ力を持っている自覚があるにもかかわらず、やっていることが実にせこい。王様気取りで飲めもしない酒宴を開いてみたり、現実の気に入らない女の子たちをせっかくドレイにしているのに、やることはスカートを短くさせるだとか下着を見せてもらうだとか——ここは君が好きにできる世界、欲望がダダ漏れになっても誰も文句を言わない自由な場所なんだぜ？　目についた女性を手当たり次第にレイプしてはらわたを引きずり出し、刎《は》ねた首をテーブルに並べて生き血をする、ぐらいのことはやるだろうと踏んでいたのに、君ときたら、ねえ？　実に可愛《かわい》いんだもの」

「……馬鹿にしてんのか？」

「逆だよ。好ましく思ってるんだ」

その言葉を僕は信じなかった。

なめやがって。

いいぜわかった。だったら見せてやろうじゃねえか。

「——むっ？」

ヤブ医者が驚きの声をあげる。

当然だろう。ヤツの目の前で、僕は急速に自分の姿を作り替えつつあるのだから。

わかりやすい巨大化と肥大化。骨格が急成長し、筋肉が爆発的に膨らみ上がり、肌の色は闇のように黒々と染まり、鎧《よろい》のようなウロコがびっしりと外皮を覆っていく。

「竜《ドラゴン》だね」

ヤブ医者が僕を見上げて言う。

その通り。今の僕は俊敏さと力強さを兼ね備え、空を舞い炎を吐き散らす、獰猛《どうもう》極まりない、正真正銘の怪物だ。

耐性をつけた、とヤブ医者は言ったがそれだけじゃない。夢が駆逐され、そして復活するたびに、僕は僕の力がどんどん増しているのを感じていた。その気になればこのくらいのことはいつだってできたんだ。それをさんざん小馬鹿にしてくれやがって。

まさに逆鱗《げきりん》に触れた、というやつだ。

これで立場は逆転。

「さあどうしてくれようか」

僕は言う。

竜の声帯が発する重低音が、周囲を圧して響き渡る。

「炎で丸焼きにするか、爪でバラバラに切り裂いてやるか。それとも一息《ひといき》に腹の中に飲み込んでやるか。好きな死に方を選ばせてやる」

「おお怖い。何度も説明したとおり、ここはもうひとつの現実世界でもある。夢の主である君ならいざ知らず、招かれざる客であるぼくがここで殺されればタダでは済まないだろうね。きっと現実のぼくも連動してダメージを受ける——いや十中八九、心臓マヒか何かで現世《うつしよ》とおさらばだ」

「だったら命乞いのひとつもしてみたらどうだ？　それとも今の僕と戦ってみるか？　お前が何者なのかよくわからんけど、それでも今の僕ならわかる。お前はたぶんべらぼうに強い。でも今の僕は、そのお前よりもっと強いぜ？」

「ふむ。命乞いか、あくまでも抵抗して戦うか——悩ましい二択だけど、ぼくは君に第三の道を示したい」

「なんだ？　尻尾を巻いて逃げ出すとか？」

「いいや」

ヤブ医者は首を振る。

「君、恋人が欲しくはないか？」

……。

…………。

……………。

「え？　何？　何の話？」

「言葉どおりそのままの意味だよ」

ヤブ医者は言う。ボイスチェンジャーっぽい不快な声で。

仮面の下の顔はたぶん、しめしめとほくそ笑んでいるだろう。

「恋人が欲しくはないか、と訊《き》いている。夢の中の話じゃない、現実世界の話だよ。君がクソだとこき下ろしている、退屈で救いようのない世界で、好きなだけイチャつくことのできる生身の女が欲しくはないか、と訊いているんだ」

不覚にもポカンとしてしまった。

一体こいつは何を言っている？

「欲しくない、とは言わせないよ。そうでなければ見るはずもない夢を、君は毎晩見ていたのだから。繰り返すが欲しくはないかい？　またとないほど美人で可愛《かわい》くて、おっぱいも大きくてスタイル抜群な、それでいて君のことが大好きな女——病める時も健やかなる時も君に寄り添う、理想的なパートナーが、欲しくはないかい？　ぼくは君にそれを提供することができる」

アホだなあ、と我ながら思う。

僕は前のめりになってしまった。我ながら馬鹿っぽかった。

「え、それってマジの話してる？」

「マジだとも。１００パーセントの大マジさ」

「恋人って、一緒にお話してくれるの？」

「してくれるね」

「手を繋《つな》いでくれる？」

「もちろんさ」

「キスなんかもできちゃう？」

「逆に訊《き》くが、キスもできない相手を恋人と呼べるのかい？」

「じゃあさ、じゃあさ。もしかしてエロいこともできちゃう、ってこと？」

「エロいことができない恋人なんてダッチワイフ以下、それこそ夢みたいなものじゃないか。ちゃんとできるよエロいことも。たぶん、君が考えているよりずっとエグいことがね。R18どころかR40ぐらいに指定されそうなヤツを」

「マジかよ！　それガチじゃん！」

「だからそう言ってるじゃないか」

……わかってたことではあるけど。

僕ってとてもじゃないけど、世界の敵になれるようなタマではないんだよな。

全力の小市民で一般人。そしてわりと馬鹿。認めたくない事実であっても認めざるをえない瞬間が来る。今この時がまさにそれだった。僕はヤブ医者の甘言に、あっさりと釣られつつある。悲しい陰キャ野郎の憐《あわ》れな性《さが》。

「佐藤《さとう》ジロー」

ヤブ医者が繰り返して言う。

「もし君が、夜ごとに見るちょっとばかりよこしまな夢から手を引いて、世界をひっくり返すなんていう物騒な願望から距離を置くなら。重ねて約束しよう。君に恋人を提供する。嘘《うそ》でも冗談でもない。君の夢に勝手に入り込めるほど自在なこのぼくが、正真正銘に保証する、本物の提案だ」

ふと気づけば。

僕は、ただの僕に戻ってしまっていた。

凶悪で強大な竜の姿——はそのままだ。でも中身がちがう。どこにでもいる自意識過剰な高校生、身長160センチで見映えのしない佐藤ジローがそこに突っ立っている。僕に夜ごと気ままな夢を見させた、心の中の真っ黒などろどろしてぐちょぐちょしている何かが、この瞬間だけはきれいさっぱり浄化されてしまったような。

だって女だよ？

委員長、ギャル、文芸部員——夢の中で僕のいいなりにしていた連中とは訳が違う。一緒にお話してくれる、手も繋《つな》いでくれる、キスなんかもできちゃう、リアルで本物な恋人ができるっていうんなら。思わず心が揺れちゃうのも当然だろ？　悪いことなんて考えても仕方ないじゃん。『争いはよくない。世の中のみんなが幸せになればいいのに』って気持ちになっちゃうでしょ？

……今にしてみればわかることだけど、夢の世界における力の強弱は、意思の力とほとんどイコールだ。この時の僕に、世界の何もかもを巻き込んで破滅させてやろう、という野放図な攻撃性は、もう残っちゃいなかった。

同時にそれは、僕がヤブ医者を信じた、ということでもある。突拍子もない提案でありながら、ヤツの言葉には確かに事実だと思わせる何かがあった。『カウンセリングだって医者の立派な仕事だからね』とは、だいぶ後になって当人から聞かされた言葉だ。

ま、アホなんだろう。要するに僕は。

あいつの言葉を借りるなら善人、ってことになるらしいが。

「心に問題を抱えている青少年の多くは、強烈なルサンチマンに振り回され、そいつとどう向き合っていいかわからず途方に暮れている」

ヤブ医者が言う。

ゆっくり僕に近づいてくる。

「そして多くの場合、ルサンチマンは異性の問題に起因している。平凡でつまらない理由だが、かといって軽々しく捉えていいものではない。苦悩は常に、客観ではなく主観で語られるべき問題だからね」

ふう、とため息をついて僕は言う。

「積極的な女の子がいいなあ。僕、自分からグイグイいけるタイプじゃないから」

「承った。そこは善処する」

「自分で言うのもなんだけど、僕ってシャイだからさ。キスなんて自分からやってのける自信ないわ」

「軟弱者め、とは思うけれど、それもまた可愛《かわい》げだと思って納得しよう。その点も善処する。……さて、今夜はもうお開きだ。竜の図体《ずうたい》のままじゃ、キスのひとつもできやしないからね」

ヤブ医者がさらに近づいてくる。

手に持った杖《つえ》が、今夜もまた日替わり凶器に変化する。

「さようなら。病める時も健やかなる時も、どうか良き現実を」

凶器が振り下ろされた。

僕は、僕の世界ごと、文字どおり粉砕された。

†

翌朝。

いつものように目が覚めた。

ベッドに上半身だけ起こしている僕。

窓の外から朝日、スズメの鳴き声がチュンチュン。

オカンが「いつまで寝てんの！」と怒鳴り込んできても「おー……」としか返事ができず、乾きかけた食パンを牛みたいにもしゃもしゃ咀嚼《そしやく》し、洗面台に立って歯ブラシを口にくわえながら、気の抜けた自分のツラが鏡に映っているのをぼんやり眺める。

毒気が抜かれた、とはこういうことを言うのだろう。

僕はまるで、陸《おか》で干からびてるクラゲみたいな気分になっていた。

（なんか……ボーッとしちまってるなあ）

赤信号を渡ろうとしてトラックからクラクションを鳴らされる。

満員電車で足を踏まれ、誰かの肘で脇腹をえぐられ、フルーツパーラーのジュースみたいに圧搾される。

学校に到着すれば校門の取っ手に学生服を引っかけて派手に転び、教室にたどり着いて自分の席に座れば委員長から冷たい目で見られ、ギャルからは眼中に入れられず、文芸部員は本にかじりついて僕を黙殺し、ヤンキーからは「なんだオメー、生きてんのか死んでんのかわかんねー目ェしやがって。学校来てんのに腑抜《ふぬ》けてんじゃねーぞコラァ。罰として今日はカレーパンとフルーツオレな」と言われても無言で頷《うなず》くことしかできない僕は、ある種の賢者タイムなのかもしれなかった。

（女かあ）

ただ一文字、たった三画。幼稚園児だって読み書きできる最高にシンプルなフォルムをしたその漢字を除けば、今の僕にとってあらゆることがノイズでしかない。

女。

女、女、女。

欲しいか欲しくないかでいったら、欲しいに決まってる。

クラスメイトは交尾のことしか頭にない低脳ぞろいだけど、僕だってそのカテゴリに振り分けられている一匹のサルなんだもの。

僕はそういう連中とは違う、とイキがってみたところで。いくらクラス内カースト最底辺の雑魚だとしたって。やっぱり健康な青少年なんだもの。欲しいよねえ。いや欲しいよ。ホント。喉から手が出るくらい欲しいともさ。

でもね。

だけどね。

（いやいやいや！　ないわ僕！）

机に突っ伏して頭を掻《か》きむしる。

そんなウマい話あるわけないだろが！

だって夢の中の話だぞ、あれ！

もうひとつの現実？　僕の夢が世界にも影響する？

馬鹿言っちゃいけない。そいつはもう一線を越えた夢物語、それこそ病院に強制収容されても文句の言えないパラノイア。なのにまあ、自分で勝手に見た夢に勝手に希望を持って、いざこうやって現実に戻ってきたら自分の馬鹿さ加減に力が抜ける。自作自演、自家中毒、マッチポンプ。どう呼んでもいいが、まったくイヤになるよ。まんまと言いくるめられちまってさ！

だからといって僕の力がなくなったわけじゃないから、今夜もまた好き勝手な夢を見ることができるんだろうけど。でもやっぱり、昨夜と昨夜より前の僕とでは、何かが決定的に違ってしまった気がするんだ。だってもう認めちゃったもんね。夢の中でどれだけ王様気取りやってても、僕は、僕が軽蔑していたサルどもと何の変わりもない、いやそれ以下のゴミだってことを、認めちゃったんだから。

たぶん僕は、昨日までの僕ではもう、いられない。

あいつに言わせれば、あのペスト医者のコスプレをして僕の夢の中に現れては好き勝手にやっていく、ボイスチェンジャー声のあのヤブ医者に言わせれば、『完治はできなくても緩和はできる』ってことなんだろうか。

ていうか結局なんなの？　あいつって。

つーか恋人なんてどうすりゃいきなりできるんだよ。出会い系のアプリに登録してるわけでもないのに。いやていうか、それもこれもぜんぶコミコミで夢なんだから、こんなこと考えてる時点で何もかも虚《むな》しい。なんかもー何もかも面倒になってきたな……出家してどっかの寺にでも入るか……それともシンプルに死ぬか、そろそろ。

……と。

そんな風に頭を抱えている時だった。教室がざわつき始めたのは。

「誰あれ？」

「いや知らねーよ」

「ヤバくね？」

それこそ周囲に異常事態を知らせるサルさながらに、クラスメイトたちが口々に声をあげている。陸《おか》にあがったクラゲになっている僕の反応は鈍い。警戒音が耳に入っても意識まで届いてこない。

「転校生？」

「ウチのクラスに？」

「やっぱ。可愛《かわい》すぎるんだけど」

つかつかつか、と。

誰かがこちらに向かってくる足音が聞こえる。

ノイズだらけの教室にあって、その音だけはやけによく響いて聞こえる。

「やあ」

誰かが机の前に立った。

僕は突っ伏すのをやめて顔を上げた。

思わず息を呑《の》んだ。

美人だった。

つやつやの黒髪。きめ細かい肌。すらりと長い手足。細すぎず、付くべきところにお肉の付いたバランスのいいスタイル。

訂正。めちゃくちゃ美人。短いスカートからのぞく太ももがおっそろしくエロかった。

そして制服の上からでもわかるくらいに胸が大きい。

この時の僕は、陸《おか》で干からびてるクラゲ状態だったから。そんな美人が目の前に立ってアルカイックスマイルを僕に向けていてもまだ、脳みそが豆腐になったままだ。

そしてそいつは、そのとびきりの美人は。

僕にキスをした。

何のためらいもなく、それがひどく自然なことであるように。

「……は？　え？」

「ごあいさつな態度だね。ぼくは約束を守りに来たというのに」

エロいスタイルからは想像のつかない、鈴を転がすような、どちらかといえばロリ寄りと言えそうな声。そのギャップがまたぴたりとそいつにハマっていて、その声が鼓膜をくすぐるだけでも背中がぞくぞくする。

その瞬間の教室は、ちょっとした見物だった。

ぴたーっ、とキレイに時間が止まっていたからな。委員長も、ギャルも、文芸部員も、目をまん丸に開けて黒髪の美人と僕に釘付《くぎづ》けになっていて。ヤンキーに至ってはアゴが落ちるくらい口をあんぐり開けて、ひどい間抜け面を晒《さら》していた。つくづくその時ばかりはスマホの電源を入れておけばよかったと後悔したよ。動画を撮っていれば最高のネタになっただろうに。

とはいえまあ、そのとき最高に馬鹿っぽい顔をしていたのは、他ならぬ僕だろうけど。

「病める時も、健やかなる時も」

美人はくちびるにそっと指をあてながら、

「ぼくは医者だ。目の前にある病に対して責任を放棄することはない。それに言っただろう？　ぼくは君のことを好ましく思ってるんだ」

そう言って、ちょっと照れたように頬《ほお》を染める。

その仕草がまた反則級に可愛《かわい》くて、そしてそれ以上に僕は、そこに至ってようやく気づいたのだった。そのセリフ、その言い回し。声の質こそ夢の中で聞いたのとはぜんぜん違うけど、でも明らかにそいつは、目の前にいるこの、いきなりマウストゥマウスをぶちかましてくれたこのクソ美人さんは——

「よろしくね佐藤《さとう》ジローくん。今日から君はぼくの恋人だよ」

†

天神《あまがみ》ユミリ。

理不尽をなぎ倒し、不合理を蹴散らし、不可能をあざ笑う女。

世界の危機を未然のうちに防いでいた、孤高にして唯一の存在。

これは僕、佐藤ジローが。

そんな彼女を殺すまでの物語。

第二話

かつてユミリに訊《き》いたことがある。

「君は神様なのか？」と。

「まさか」

彼女は笑ってこう答えた。

「ぼくが神様であるはずがない。だって、こんなぼくに祈ろうなんて輩《やから》、ただのひとりだっていやしないだろう？」

†

天神《あまがみ》ユミリと名乗ったその転校生は、その日のうちに学校の主役になった。

そりゃそうだよな。オーラが違うもん。

図抜けた美人ってだけじゃなくて、一挙手一投足が——たとえば廊下を闊歩《かっぽ》する姿が、長いまつげに彩られた瞳の輝きが、真珠みたいに艶《つや》やかな爪の先が——その他にも数え切れないほど色々なことが、天神《あまがみ》ユミリの『普通じゃなさ』を物語っていたもん。あいつが通ったあとの空気って、ホントに何かいいニオイするんだもん。存在自体が反則よ。人生は宝くじだけど、こんな大当たりを引く運命って何なんだろうね。元からゲームのルールが違うとしか思えないんだが。

そして僕、佐藤《さとう》ジローもまた、その日のうちに学園の主役へと格上げされた。

だってキスだもん。

転校初日、朝のホームルームも自己紹介も終わってないうちに、明らかに普通じゃない女が、明らかに学園内ヒエラルキー最下層の僕と、みんなが見ている中で熱いベーゼだもん。嫌でも主役にもなっちまう。格上げというかむしろ吊《つる》し上《あ》げ。いい迷惑。

「ひどい言いぐさだ」

天神ユミリは笑う。

「自分からキスはできないと言うから、ぼくからしてあげたのに」

「言ったけど。確かに言ったけど」

でも夢の中の話じゃん。

「そもそもあの状況でやるか普通？　あんな悪目立ちするシチュエーションで」

「何事も最初が肝心。逆にあのタイミングでなければいつ約束を果たすべきだったんだい？　最良のチャンスを待っているうちに次善の機会すら失う、なんてことはザラにあるだろう？」

わからんでもないけど。

確かにそういうこともあるけど。

でもさ。いやね。僕が言いたいのはそういうことじゃなくてね。

「そんなことより君、せっかくのうどんが伸びてしまうよ？」

現在、昼休み。昼食時。

学食の隅っこで僕は、最安メニューのハイカラうどんを箸でつついている。

そして僕がここにいるということは、天神ユミリもここにいるということ。

「温かいうちに食べた方がいい。ああぼくの事は気にしなくていいよ、こう見えて食が細いんだ。お昼ごはんを抜いた方が身体《からだ》の調子が良くてね。心配は要らない、必要があればちゃんと食べるから」

「いや。そういうことじゃなくてさ」

「じゃあうどんが熱すぎるのかな？　いいとも、では存分に待とうじゃないか」

「いや。そういうことでもなくて」

僕は抗議する。

こいつ絶対わざとだろ、とジト目になりながら。

「顔。近いんだけど」

そう近い。

具体的な数字で言うと二十センチぐらい。僕の顔と、天神《あまがみ》ユミリの顔の距離。

「近いかな？」

「近いよ。誰がどう見ても近い。食事中の距離感じゃない」

「君の利き手は右手で、ぼくは左側に座っている。物理的に食事の邪魔をするほどじゃない。気にせずどんどん食べてほしいね」

「気にせず食べてほしいなら距離を取って。もっとシンプルに。物理的に」

ていうか顔だけじゃない。

そもそも身体《からだ》が近い。天神ユミリは僕の隣の席に座り、しかも椅子と椅子を目いっぱいに寄せ、頬杖《ほおづえ》をついて僕の顔をのぞき込んでいる。

そんなに近けりゃ色んなことが起きてしまうだろ？　肌で相手の体温を感じるし、何かしゃべるたびに吐息が鼻先をくすぐるし。何かの花のような、あるいはお菓子のような、不思議な甘い匂いに頭がくらくらするし。

「かわいい」

天神ユミリが口元をゆるめて笑う。

「とてもイイよジローくん。君が女の色香に戸惑っている様子に、ぼくはちょっと興奮している。イイねイイね、もっとそういう姿を見せてくれ」

ふっふっふ。

意味深な様子で目を細める天神ユミリ。

かわいい？

かわいいだと？

この野郎ふざけやがって、僕はぜったいお前なんかの思い通りにはならないぞ——と強がってはみるけれど。実際は完全無欠に思い通りだ。自分の頬が真っ赤になっているのを自覚する。思わず顔を背けてしまって、完全に相手の手のひらの上。まるで少女マンガのヒロイン。いやむしろエロマンガのヤラれ役か？　これからめちゃくちゃスケベなことをされてしまいそうな側。

朝からこっち、ずっとこんな感じだ。

授業中は僕の隣に机をくっつけて（教科書の用意がないという理由で）、授業そっちのけで僕をにまにま見てくるし（そして距離もやたら近い）。

そんな僕と彼女に対して、クラスの連中は奇異の視線《しせん》——を超えて、異世界人でも見るような視線——を向けてきて針のむしろだし。

休憩時間になれば、あまりの居心地の悪さに教室から逃げ出すのだけど、

『どこへ行くんだいジローくん？　さてはトイレかな？』

『そうだよトイレだよ。わかってるならついてくんな』

『よしきた。ぼくも付き合おう』

『いや待って話聞いてる？　トイレへ行くって言ってんだろ』

『ぼくと君の仲だ。トイレに一緒に行ってはいけない、という法はないだろう？』

『いやあるよ。やらねーよ普通、男女で連れションとか。空気読めよそのへんは、という か常識で考えろよ』

『まあまああってそう言わず』

『まあまあって何だよ。大体お前は――』

『まあまあ。ほらほら。さあさあ』

『いや待ておいこら！　男子トイレに押し込もうとするな！　そして自分も一緒に入ってこようとするな！』

……こんな調子だ。

終始マイペース。

他人の目をまるで気にしない。

そしてその方針を押し通せるだけの存在感が半端ない。

委員長だろうとギャルだろうとヤンキーだろうとおいそれとは触れられない、文芸部員ごときじゃ直視さえ憚《はばか》られる。教師でさえ『あ。この生徒には関わらない方がいいな』とスルーを決め込んでしまう。

嫌でも理解させられる、それは〝強者〟の論理。

僕には縁遠い〝あちら側〟の理屈で、天神《あまがみ》ユミリの全行動は構成されている。

すっごい迷惑。

ていうか何なんだこの状況は？

僕、まったくついていけないぞ？

そもそもなんで夢の中にだけ登場してたヤツが現実に現れる？　どうやって僕のことを知った？　こんな謀ったようなタイミングで転校してくるってどういうことだ？　しかも不気味なペスト医者の中身が目玉飛び出るほどの美人って何なの。キスまでされるしさ。ええ、もちろんファーストっすよ。まさかあんなシチュエーションで初めてを奪われるなんて。

濁流に呑《の》み込《こ》まれた気分だ。天神ユミリという存在の圧力がケタ違いすぎて、僕は巻き込まれる一方。洗濯機に放り込まれてる洗濯物を連想する。今の僕は洗剤に揉《も》まれているシャツやら靴下やらと大差ない。

「お前さあ。マジで好き勝手やりすぎ」

とはいえ抵抗しないわけにはいかない。

うどんをようやく一口すすってから、僕は天神ユミリをにらみつける。

「転校初日なんだろ？　もうちょっと立場考えろよ。世間体だよ、世間体。僕でさえもう少し気にするぞ？　クソだゴミだと罵ってはいるけどさ、それでも学校には通ってるんだからさ──ていうか周り見てみろよ？　僕たちがいるこの食堂の、周りで昼メシ食ってるギャラリーのみなさんの様子を。みんな僕たちを見て変な雰囲気になってるだろ？　ていうかひそひそ声で何かいろいろ言われてるよ」

「うん。言われてるね」

「だったら少しは気にしろよ」

「気にしない」

彼女は笑った。

ひどくさわやかな笑いかた。

今この瞬間の人生を謳歌《おうか》している連中にありがちな、問答無用であっけらかんとした、あらゆる反論を封殺する笑顔。

「気にしても仕方ないし、気にしても始まらないさ。面と向かって正当な抗議をしてくるわけでもない、陰口未満、雑音以下の他人の意見に、ぼくはいちいち耳を傾けない」

揺るぎがない。

自然体でありながら、どこか芯の部分でたわまない何かを感じる、そんな声の調子。

「前に言っただろう？　ぼくは自在なんだよ。憚《はばか》りながらね。君の夢の中にまで好き勝手に出入りできるぼくが、ちょっとやそっと周りから浮いてるからって挙動不審になっていたら、いかにも理屈に合わないだろう？」

「……へいへい。いーですね、お前みたいな強いヤツはさ」

チッ。

僕は舌打ちする。

腹立つなコイツ。

この天神《あまがみ》ユミリとかいう女、僕とは正反対の人間だ。

僕みたいな日陰者じゃない。日々に退屈して倦《う》みきって、夢の中でささやかな自尊心を満たすだけが楽しみのゴミカスとは訳がちがう。本物の輝き、誰もが認めざるを得ない光を放つ、やたら眩《まぶ》しい何か。

「ていうか何なのお前？」

箸を行儀悪く突きつけて、僕はようやく肝心なことを訊《き》く。

「正直僕、今の状況がまったく理解できてないんだけど。説明して？　お前って何者なの？　マジのガチで僕の夢の中に出てきたアイツなの？　なんでここにいるの？　なんで出会い頭にあんな真似《まね》を——キスなんてしやがったの？　でもって、何でこうやって僕に付きまとってる？　訳わからねーんだよ。説明してくれ頼むから。じゃないと頭がパンクして死ぬ」

「もう何度も言ったじゃないか」

天神《あまがみ》ユミリは微笑《ほほえ》む。

「ぼくはドクター、お医者さんだよ。治療の対象は世界そのもので、君こと佐藤《さとう》ジローは世界を冒す病そのもの。だからぼくは夜ごと君の夢の中に入り込んで、君を外科的手法で寛解《かんかい》させようと試みたのだけど、驚くべきことに君はぼくの治療をことごとくはね除《の》けてみせた。だからぼくはここにいる。この学校に、いち転校生としてやってきた。君の恋人になるためにね——その理由にも説明が必要かい？」

『もし君が、夜ごとに見るちょっとばかりよこしまな夢から手を引いて、世界をひっくり返すなんていう物騒な願望から距離を置くなら』

『約束しよう。君に恋人を提供する』

「……ふざけんな」

僕は言った。

ドスを利かせたつもりだったけど、声がかすれて変な汗が出た。

「僕にもプライドがあるんだよ。ハイそうですかよろしくお願いします、なんて死んでも言えるか」

「そうかい？　夢の中で君は、まんざらでもない様子だったけど」

うっせーな。

ああその通りだよ、まんざらでもないどころか前のめりだったよ。

そしてフタを開けてみりゃお前みたいなハイスペック女が現れて、キスまでされて、こっちは戸惑ってるなんてもんじゃないよ。小躍りしそうなくらい喜んでる一面があるのは否定しねーよ。

でもな？

こちとら拗《こじ》らせ100パーセントの思春期ボーイなんだよ。童貞ナメんなコラ。

「何でもお前の思い通りになると思うなよ？　お前がやりたい放題やるっていうなら、僕はあくまでも抵抗してやる」

言い切ってやった。

七味唐辛子の小ビンを握りながらじゃ、いまいち様にならないけどな。

「またまたそんな」

天神ユミリは動じない。

十センチのところまで顔を近づけ、ささやいてくる。

「君、この話には乗り気だったじゃないか。凶悪な竜の姿に変化してぼくを排除しようと凄《すご》んでみせて、なのにコロッと手のひらを返したじゃないか。ぼくが『恋人を提供する』と提案した途端に、ぐらっと心が揺れ動いたじゃないか。あまつさえ『積極的な女の子がいいなあ』などとリクエストまでしたじゃないか」

「う、うるせーよ。あれはたまたま――」

「ぼくは積極的に行動を起こしたと自負しているし、実際ぼくから君にキスをした。胸も大きいし、美人でもある。恋人にする女として不足はないと思うけど」

「まさか本人が現れるとは思わなかったんだよ！　不気味なペスト医者が美少女転校生に化けて出てきたからこっちは戸惑ってんの！」

「ふふ。美少女だとは認めてくれるんだ？　うれしいね」

「ていうか話がウマすぎる！　絶対なんか裏がある！　『こんなカワイイ子と付き合えるなら他のことはどうでもいいか』みたいな気持ちに正直なってるけど、これ絶対おかしい！　なんかの罠《わな》！　どうせマルチ商法かカルト宗教に決まってる、僕は絶対にだまされない！」

「いいさ。疑《うたぐ》り深《ぶか》いのも美徳のひとつだ」

つんつん。

天神《あまがみ》ユミリが僕のほっぺたをつつく。

「つまり対立構造になるわけだ。ぼくは君をオトそうとする、君はぼくの誘惑に抵抗する――明確でシンプルな構図だね」

「勝手に話を進めんじゃねー。言っとくけどな、僕はあの夢の世界を捨てたわけじゃないぞ？　夢の中で好き勝手やるのは僕の権利だ。世界が病気になるとか滅びるとか知ったことかよ、僕は僕のやりたいようにする。お前の指図は受けない」

「いいね。ツンデレだとう……!?」

「ツンデレというやつだ」

返す返すもこの野郎、だ。

人のことを雑なくくりで定義しやがって。雑だけど反論できねーじゃねーか。確かにこれ、ぜったいに僕がオトされるパターンの流れだよ。実際問題、こんなキレーな女が彼我の距離十センチのところにいるなんて、未来永劫《みらいえいごう》僕の人生にはありえなかったシチュエーションだよ。

ていうかマジで何なんだお前は。自在だとか、世界を治す医者だとか、僕の恋人になるために転校してきたとか、そういう箇条書き風のキャラ設定だけは何度も聞かされたけど。具体的なことは何もわかんねーままだぞ？

お前はどこのどちら様？

何を目的にどんなことをしている何者なんだ？

「おい」

声を掛けられた。

目の前のヤブ医者からではない。

後ろを振り返る。内心で僕は「げっ」と声をあげる。

「ジロー、テメー。どういうつもりだコラァ」

そこに立っていたのはヤンキーだった。

僕をいつもパシリに使っている同級生。夢の中では僕にパシられてたやつ。

「今日はカレーパンとフルーツオレだって言っただろうが、ああん？　何こんなところでのほほんとうどん食ってやがんだオイ」

ポニーテールを揺らしてガンをつけてくる。

僕は「あ、うん……」と目をそらしながら、コイツ無駄に度胸あるなと感心する。食堂にいる誰もが天神《あまがみ》ユミリを遠巻きに眺めている中、真っ向勝負で特攻してくるとは。転校生が初登場した朝の教室では、目をまん丸にして口をぽかんと開けてたくせに。

「オラァ、さっさと買ってこいやコラジローテメー」

「あ、いやうん。でも僕、うどん食べてるし……」

「んなモン後だ後。早くしねーと購買閉まっちまうだろコラ」

「あ、うん。でも」

隣をチラリと見やる。

転校生はほくそ笑みながら、黙って成り行きを見守っている。

「まさか邪魔しねえよな？」

ヤンキーがガンをつけた。

僕じゃなくて天神《あまがみ》ユミリにだ。またしても感心する。僕なんて、このヤブ医者と正面切って目を合わせるのも気が引けるのに。ヤンキーってある意味すごい生き物だ、怖い物知らずというか何というか。

「つーか何だテメー、人のパシリを勝手に連れ回しやがって」

ヤンキーはさらに凄《すご》んでみせる。

「それでいてあいさつもなければワビのひとつもないってか？　どこのどなた様か知らねーけどよ、そいつは筋が通らねえってモンじゃねーのかコラ」

「ふむ」とユミリ。「つまり君は、佐藤《さとう》ジローくんの所有権を主張している？」

「そう言ってんだよ」

ヤンキーがドスを利かせる。

天神ユミリはまた「ふむ」と思わせぶりに鼻を鳴らして、

「思ったより早い。悪い影響が出ているのかもしれないね」

「……ああん？　何の話だコラ」

「こっちの話だよ。それで、君のクレームを受けてのぼくの答えだけど」

天神ユミリはニコリと笑った。

そしてキスをした。相手は僕だ。朝に続いて二度目。

でも朝の時とはちがう。めちゃめちゃベロチューだ。てらてらぬらぬら光る舌が、ひとつの独立した生き物みたいにうねり、くねり、口の中を隅から隅まで蹂躙《じゅうりん》していく。

脳髄を直接ゆさぶる犯し方。

網膜の裏側に無数のフラッシュが焚《た》かれ、心臓が動きを止める。

「だけど悪いね」

透明な糸を引いてくちびるを解放し、天神ユミリはにこりと笑い、目をまん丸にして口をぽかんと開けているヤンキーに向けて言う。

「彼はもうぼくのモノなんだ。他を当たってくれるかな？」

ぽかんとしているのはヤンキーだけじゃない。

食堂にいる全員が、そして誰より僕、佐藤ジローが。魂が抜けたみたいになっている。

いやいやいや。

待って待って。

一度ならず二度までも。キスて。今度はほとんど全校生徒の前で。しかもベロチューかよ。やばいやばい、背中のぞくぞくが半端ない、座ってても腰が抜けた。正直興奮しました性的に。ていうかキスってこんな気軽にできるモノだっけ？　昨日までの僕、女子とまともに会話するのさえ数ヶ月《すうかげつ》に一度レベルだったのに。

「て」

ヤンキーがようやく口を開く。

開いたはいいが、まるで酸欠の金魚みたい。

「て、ててめっ、てめ、こ、おまっ」

「重ねて言うが、佐藤《さとう》ジローはぼくのモノだ。どうしてもというのであれば、同じようにして奪い返すんだね」

言い放つ。

その姿のふてぶてしいこと。

尊大の一歩手前、自信と確信に充《み》ち満《み》ちた、それはまさしく強者のありかた。生存競争のピラミッドにおける明らかな頂点。

「——覚えてやがれ」

清々《すがすが》しいほど定番の捨てゼリフを残して、ヤンキーが踵《きびす》を返す。

勝負あり。いや、端《はな》から勝負になってなかったのか。耳まで赤くなっていたヤンキーにむしろ同情したくなる。

「先が思いやられるな」

一方の天神《あまがみ》ユミリは。

ついさっきの出来事なんてきれいさっぱり忘れました、という顔で、

「ジローくん、この程度のキスで舞い上がっていては身が持たないよ？　遠くない将来、もっとすごいことをする予定なんだからね。今のうちに刺激には慣れておいた方がいい。何ならもう一回、ここでしておこうか？」

やらねーよ！

即座に拒否して、僕は伸びたうどんをかき込むのだった。

端から勝負にならない、という意味ではヤンキーと変わらない。初めて出くわした時以来、僕は『世界を治す医者』を自称するこの女に振り回され続けている。

†

天神ユミリについてわかっているのはひとつだけ。

それは僕が、天神ユミリについて何もわかっていない、ということ。


「当たり前じゃないかそんなの」

ゼリー飲料をちゅーちゅー吸いながら彼女は言う。

「ぼくと君は出会ったばかりだ。出会い方が特殊だったからろくに会話も交わしてない。

おまけに本当の意味で顔を合わせたのは今日が初めて。いくら自在を自称するぼくだって、この状況ではお互いを深く知りようがないさ」

放課後。

自宅からそこそこ離れたところにある公園。

昼休みの後も怒濤《どとう》のごとく様々なことが起きて（天神《あまがみ》ユミリを台風の目として、本当に色んなことが起きた——委員長との小競り合い、教師との対決。意外にもギャルから気に入られて連絡先を交換したり、驚天動地なことに文芸部員の方から話しかけられたり、まあとにかく色々なこと。ここでは省略）、これ以上のトラブルはかなわん、と逃げるように下校し、そして今現在。

僕はブランコに乗っている。

ただ乗ってるんじゃない。二人乗りだ。

木製のブランコ板に座った僕の、そのまたさらに上に。天神ユミリが乗っているのだ。

「……重いんだが？」

「胸の大きさのぶんだけ重い、ということだね」

しれっと返してくる。

「なんだよこれ。青春か？　僕らはいま青春をしてるのか？」

「青春だとも。体重だけでなく、柔肌《やわはだ》のぬくもりを存分に堪能してくれ」

柔肌のぬくもりて。

なんかおっさん臭い言い回し。

「ちなみにこの体勢だと、君の股間が反応した場合はすぐさまぼくの知るところとなる。辛抱たまらなくなった場合は遠慮なく申告してくれ。対処するから」

対処って。

何をどうするってんだよ。

「そりゃもちろん、ナニをあれこれするに決まってるじゃないか。君は卑猥《ひわい》な言葉をぼくの口から言わせたいのかい？　ひどいセクハラだね」

いやどっちが？

どう考えてもセクハラ被害者は僕の方では？

「嫌ならやめるさ」

振り返りながら彼女は笑う。

「だけど今のぼくたちに必要なのは、積極的にコミュニケーションを取ることだろう？だってぼくたちは恋人同士なんだから」

それだ。

そこが本当にわからない。

夢の中に夜ごと現れて、僕の夢を破壊していった謎のペスト医者が、僕の恋人を名乗って現実に現れた。

なんかもう、色々なことがありすぎて驚くのに疲れてしまったし、今のこの状況って僕のシケた人生からすれば奇跡なんだから、黙って受け入れてしまえばハッピーな気もするんだけど。

でもやっぱり。

これだけはハッキリさせておかなきゃならない。

他のどんなことよりも優先して僕は知りたい。

なぜ僕と恋人になるだなんて言い出すんだ？

妥協と計算の産物か？　それとも気まぐれで遊んでいるだけか？

「理由はシンプルだよ」

脚を揺らしながら彼女は言う。

「それがお互いにとってベスト、Ｗｉｎ－Ｗｉｎの方法だと考えたからさ。君は世界にとっての病であり、ぼくは君という病を治したい。君を治すには君のルサンチマンを解決するのが近道だ。君のルサンチマンが女性への欲求に根ざしているのは明らかだから、まずは君に女を知ってもらいたい」

「それで何でご本人の登場なんだよ」

「君が世界の病だと知っているのはぼくだけで、君の秘められた力を知っているのもぼくだけ、君の問題を把握しているのもぼくだけだからさ。何よりぼくは君に興味があった。これも言ったはずだよ、ぼくは君を好ましく思っていると」

「僕のことなんて何も知らないだろ？　ほとんど初対面だし、ヒエラルキー最下層だし、自分で言うのもなんだがチンケなクソガキだぞ僕は」

「君への評価を下すのはぼくだ。君の主観は関係ない」

「不公平だ。僕はお前のことを知らなすぎる」

　ブランコが前後に動き出す。

　つるべ落としに日が暮れていく。あかね色の空の向こうにカラスが翼を広げて飛んでいるのが見える。ダウンジャケットを羽織った背中から冷気が忍び寄る一方で、太ももは汗ばむほど熱い。熱い理由はもちろん、ヤブ医者が尻を乗せているせいだ。

「お前だって僕のことを大して知らないだろうけど、それにしたって立場に差がありすぎる。少なくともお前は僕の夢に入ってこれるし、不意打ちで同じクラスに転校してくることだってできる」

「ぼくは自在だからね。すべてとは言わないが、君のことはそれなりに知ってしまっているのさ」

「不公平だ」

「うんその通り」

「なんとかしろ」

「もちろんそのつもりさ。曲がりなりにも恋人になるんだ、情報の開示は前提条件だよね――とはいえ何もかもお見せする、というわけにはいかない。女には少しばかり謎があった方が魅力的だからね」

「男だって、謎があった方が魅力的なはずだ」

「君はカワイイな」

「馬鹿にしてんのか？」

「ほめてるんだよ。……でもそうだね、君が言うように公平を期するためにも、あらかじめこれだけは伝えておこう」

ぎぃこ。

ぎぃこ。

ブランコの鎖がきしむ音が、ひどく乾いて聞こえる。

公園には他に人影がない――というより、周囲に人の気配がない。普段はもうちょっと人通りがあるはずだけど、僕ら以外は誰もいない。ちょっと不自然なくらいに。

「ぼく自身が君と恋人になろうとするのには、目的がある」

「目的？　どんな？」

「いずれ話す。今は言わない。明確な目的があることを教えたのは、打算があると伝えた方がまだしも君が納得してくれそうだからさ——ぼくは君に力を貸してもらいたいんだ。これは君にしかできないことだ」

「力を貸す？　僕が？　どうやって？」

「それはまだ秘密」

　ウインクしてきた。

　ご丁寧に、人差し指でくちびるを押さえながら。

「……話にならねー」

　ベタであざといその仕草がクリティカルに可愛《かわい》くて、正直ドキリとしたのだけど。今は苛立《いらだ》ちの方が先に立つ。

「状況が変わってねーよ。僕はお前のことが何もわからない。そんなに難しいこと要求してないだろ？　お前が何者なのか教えろ、って言ってるだけだ。それでも言えないってことは、何かやましいことがあるのか？　隠さなきゃ都合の悪い事情でもあるのかよ？」

「隠しごとのない女なんて、いつも素っ裸でいる女と同じだろう？　服を着ているからこそ脱がせたいと思うし、中身を見たい、本質を知りたい、と思うんじゃないかな？」

「ごたくはいい。教えろ。お前は何者なのか」

「元よりそのつもりさ。ところでジローくん、ちょっと時間をもらえるかい？」

「時間？」

こんな夕方から？

一体何をするってんだ。ウチはオカンが口やかましいから、そこそこ早い時間に帰宅しないと後が面倒なんだけど。

「言葉で説明するより実際に見た方が早いと思ってね」

いやだから。

何が？　何の話をしてる？

「とりあえず君のお母さまに電話を掛けてくれるかい？」

いやいや。

マジで何なの？　どゆこと？

「もしもしお電話代わりました。天神《あまがみ》ユミリと申します」

掛けさせられた。

スマホを耳に当てて、ヤブ医者は快活な様子でウチのオカンと会話している。ブランコで僕の太ももに座ったまま。

「ジローくんにはいつもお世話になっております。実はですね、ジローくんとは恋人同士としてお付き合いをしておりまして。ええ正式に」

いやいやいやいやいや！

ちょ、おま、それ言うの!?

オカンに知られたら面倒なことになるに決まってるじゃん！　めていうかどこにも『正式』要素がないんですが!?　わりと一方的に交際宣言されて、めちゃくちゃ一方的にキスされてるだけなんですが!?

「ところでお母さま、今日は折り入ってひとつお願いがありまして。ジローくんを一晩お貸しいただきたいのですが。ええもちろん、責任をもって朝までにはお返しします。悪いようにはしません。……貸していただける？　ご理解が早くて助かります」

いや貸すなよ!?　ていうか朝まではダメだろ！　それと僕の意見も聞けよ！　正体不明の女に息子が誘拐されたらどうすんだ!?

「話がついたよ」

スマホを僕に返しながら、ヤブ医者は満足げだ。

「快く君を貸していただいた。柔軟性のある素晴らしいお母さまだね」

「普通に無責任なだけだろ……あのババア、テキトーなことフカしやがって」

「ぼくを信頼の置ける相手だと判断してくれたし、息子である君を根っこのところで信頼しているからだよ。短い会話だったけど、お母さまの人柄は十分に伝わってきた。ジローくん、君は恵まれている」

「あーもーわかったわかった。それで？　これからどうすんだよ？　朝まで時間をもらうって、いったい何をするつもりなのよ?」

「ぼくを知ってもらうのさ」

「お前を知るぅ?」

なんだそりゃ?

確かにお前のことを教えろ、とは言ったけど。それって朝まで時間が掛かるようなことか? 身の上話ならここで話せば済むだろ?

……ん?

いや待てよ?

『言葉で説明するより実際に』とか言ってたよなコイツ。

でもってコイツに言わせると、僕らは恋人同士ということになるらしくて。今もこうしてブランコで二人乗りして、僕の股間にこの女の尻が重なっている状態で。

そろそろ夕方から夜になる時間で。

なおかつ今から朝まで僕を借りるとな?

……。

…………。

…………。

えっ!?

そ、それってまさか!?

「ジローくん。君はえっちだなあ」

くつくつくつ。

ヤブ医者が肩を震わせて笑う。

「そしてやっぱりカワイイね。考えてることが手に取るようにわかる」

おい何だよその反応？

ていうかそれしか考えられないだろこの流れなら。初顔合わせでキスしてきて、二度目にはベロチューしてくるようなヤツだぞお前は。

「うんうんそうだよね、そういう流れになりそうなものだよね。君がそういう目でぼくを見ていることがよーくわかった。というわけで君はえっちだ。まったく、とんだ色欲小僧がいたものさ」

「お前にだけは言われたくないよ……じゃあ何だ？　そういう流れじゃないんなら、一体どういう流れなんだ？　朝まで時間を掛けて何をするつもりなんだ？」

「ナイトツアー」

ぎぃこ、ぎぃこ。

天神《あまがみ》ユミリが両脚に力を入れる。

前後に揺れるブランコの速度が、脚を振るたびに上がっていく。

「場所によっては太陽が出ている時間だろうけどね。まあでも君の主観的には夜の出来事、一晩を通しての大旅行《グレートジャーニー》になるはずだ」

「言ってることがわからん。街にでも繰り出すってことか？　クラブにでも行って一晩中踊り明かすとか？　うわ勘弁してくれよ、そういう陽キャでリア充な感じのやつを僕みたいなのが楽しめるわけないだろ」

「そういうデートも悪くないね。でもあいにく今日はちがう」

ぎぃこ、ぎぃこ、ぎぃこ。

ブランコの速度がさらに上がる。

僕の苛立《いらだ》ちも最高潮だ。

いまだにわからないんだよ。天神《あまがみ》ユミリという濁流に呑《の》み込《こ》まれちまった僕は、いったい何をどうするべきなんだ？　流されるだけ流されるままでいいのか？

ぎぃこ、ぎぃこ、ぎぃこ。

ぎぃこ、ぎぃこ、ぎぃこ。

ブランコの速度がさらにさらに上がる。

……おいおい。

なにこれ。けっこう本気で漕《こ》いでる？

二人乗りでやるブランコのスピードじゃないのでは？　ていうか、怖っ！　風切り音が

ビュンビュンいってるんですけど⁉　え、このまま跳躍してブランコジャンプの世界記録でも作ろうってのか⁉

天神ユミリの正体は、ブランコ競技の世界的アスリートだった⁉

いやいや。そんな馬鹿な展開あるわけ——


「じゃ、行こうか」


鎖を握りしめている僕の右手。

その手を取って、天神ユミリは高々と跳んだ。

いや飛翔《と》んだ。

ブランコの勢いに任せての大跳躍——ではない。

羽が生えているかのように、体重が存在しないかのように。

僕を連れて。

高く高く。

さらに高く高く。

そして速く速く速く速く。

天空を舞い上がる。

「は？　え？　……は？」

　地上の光景があっという間に遠ざかる。

　見慣れた街がジオラマに、ミニチュアに変わり、明かりが灯《とも》り始めた家やマンションやオフィスビルが、まるでバケツいっぱいのビー玉をぶちまけたような景色に変わり、ついには満天の星の写し絵となる。

　僕は空にいる。

　天神《あまがみ》ユミリに手を引かれて、重力のくびきから逃れている。

「しっかり手を握って。舌を噛《か》まないようにね」

「……いや。待て。待って。何コレ。どうなってる？　何が起きてんの？」

「このまま少しばかり旅に出るから、ちょっと付き合ってもらうよジローくん。なあに大したことはない、ぼくにとってはいつもの巡回業務だ。大丈夫、安全については保証する。何があっても全力で君を守るから安心して」

「……空、飛んでる？」

「飛んでるね」

「……夢？」

「現実さ」

ヤブ医者がウインクする。

今さらの気付きだけど、この女にはこういう芝居がかった仕草がよく似合う。

「案ずるより産むが易《やす》し、百聞は一見にしかず。ぼくのことを知ってもらうには、実際に見てもらう方が早い——さあ出発だ」


びゅん、と。

あるいは、がくん、と。

目の前の景色が揺れた。

外宇宙からやってきて地球を通過するニュートリノ並みの速度で、夕闇に沈む夜景が流れていく。時速百キロとか二百キロとか、そういう世界じゃない。1000パーセント音速は超えていたし、この世に存在するどんな乗り物よりも、それは——天神ユミリの飛翔《ひしょう》は、速かったと思う。

†

一夜の旅《ナイトツアー》が始まった。

香港《ホンコン》。

天神《あまがみ》ユミリの標的は、摩天楼の陰に潜んで誘拐と陵辱を繰り返す殺人鬼。

殺人鬼がまさに犯行に及ばんとする直前、被害者になるはずだった女性との間に彼女は舞い降り、蹴り一発で殺人鬼をノックアウトして縛り上げ、警察署の前に転がしてまた空を飛翔《と》んだ。


サイゴン。

天神ユミリは人身売買組織のアジトに降り立った。

降り立ったそばから戦闘開始。何が起きたのかまるで理解できていないマフィアたちを縦横無尽になぎ倒し、無力化し、商品となっていた人々を解放した。


ジャラララバード。

アフガニスタン東部の山岳地帯、政府軍と反政府武装勢力の戦闘が行われているど真ん中に天神ユミリは降り立ち、銃弾と砲弾が飛び交う中を、四方八方を飛び回って奮戦し、両陣営が保有する火器の類をすべてへし折った。

ヨハネスブルグ。
反政府デモが暴動と化した現場に、天神ユミリは降り立った。暴徒たちが手に握る火炎瓶や鉄パイプを取り上げ、炎上する古タイヤの火を消して回り、謎の閃光弾《せんこうだん》っぽい技（？）でスーパーマーケットの略奪を防ぎ、実弾を用いて暴動を止めようとする治安部隊を拳骨《げんこつ》でシバいた。

まだまだある。
どうせ詳細は伝えられないからダイジェストでいこう。

アーリット、ニジェール北部の砂漠地帯で、天神ユミリはテロリストに拉致されていた数十人の市民を救い出した。

ジャウフ、イエメン北部の内戦地帯。民間人のいる建物に戦闘機が撃ち込んだミサイルを、天神ユミリは空中で蹴り飛ばした。

バグダッド、イラク中央部。爆薬を満載して軍の駐屯地めがけ突っ走るトラックのタイヤをパンクさせ、運転手の若者を拳骨でシバいた。

ブカレスト、ルーマニア南部の森林地帯で吸血鬼と対決。激戦の末に吸血鬼は逃走、天《あま》神《がみ》ユミリは「詰めが甘かった」と苦笑いした。

ローマ、教皇庁バチカン界隈《かいわい》。石畳の裏路地で悪魔憑《つ》きの司教と対決し、ノックアウト勝利。「あの司教が召喚した地獄の番犬は中々のものだった」と天神ユミリは感心していた。僕は感心するどころかおしっこを漏らしそうになった。

エディンバラ、スコットランド南東部の丘陵地帯。天神ユミリはとある暗殺教団の生贄《いけにえ》の儀式に殴り込んだ。ルーン魔術をぶっ放してくる親衛隊どもをなぎ倒し、生贄の少年を救い出し、教団の本部を壊滅に追い込んだ。

アリゾナ州、フェニックス近郊。高度数万メートルの上空にて、天神ユミリはＵＦＯと遭遇した。ゴムとも金属ともつかない物体でできた宇宙船らしきものに降り立ち、船体をコンコン叩《たた》いて何事か意思疎通を図っているようだった。しばらくして彼女が船体から離れると、ＵＦＯは音もなく舞い上がり、はるか天空へ逃げるように消えていった。

†

朝まで掛かった。

一夜の旅《ナイトツアー》が終わり、最初にいた公園に戻ってきた時、東の空はきれいな朝焼けに染まっていた。出発する前と逆だな、と思った。あの時は西の空が茜色《あかねいろ》に染まっていた。

「どうかな？」

ブランコに僕を降ろして彼女は言った。

「ぼくが何者なのかわかってもらえたかい？」

「…………」

僕は完全に呆《ほう》けてしまっていて、天神ユミリの問いかけに答えられなかった。

およそ半日間のフライト。

たぶん、この世でもっとも慌ただしい世界一周の旅。

さんざん現実を見せつけられたはずなのに、まだ現実を信じられなかった。

僕は訊《き》いた。

「夢でも見てんのかな」

「現実だよジローくん。君はうたた寝すらしていない」

「だよなあ」

僕はまた黙り込んだ。

天神《あまがみ》ユミリは僕の前にしゃがみ込んで、ニコニコしている。

「……いや。おかしいだろやっぱ」

「何がだい？」

「〝あれ〟が現実だったらニュースになる。もっと大騒ぎになってなきゃおかしい」

「ならない。そういうことになっている、、、、、、、、、、」

「僕の記憶が確かなら大事件ばかり起きてたぞ？」

「起きてたね。今日は特別に盛りだくさんだったよ。君へのいいデモンストレーションになった」

「世界史が塗り替えられるような出来事も、起きてた気がする」

「起きてたね。世界の抱える病は、往々にして誰も気づかないところで発症するものさ」

「………………」

僕は考えた。

ついさっきまで体験していたデタラメな記憶を思い返した。

マフィアやらテロ組織やらはまだいい。いやそれでも十分にトンデモ話だけど、まだ理解の範疇《はんちゅう》だ。でも吸血鬼ってなんだ。悪魔憑《つ》きって、暗殺教団って、UFOってなんだ。世界観ぶちこわしにも程がある。

……いや。

でも実は、それすら今の僕にはどうだっていい。

僕が見たものが、記憶に刻み込んだものが、本当に現実だったのか、本当に夢でも幻でもないのか、いったんおいておくとして。

天神ユミリだ。

彼女は自由自在だった。

彼女は天衣無縫だった。

天神ユミリは四方八方に飛び回り、獅子奮迅《ししふんじん》の大立ち回りを演じていた。

彼女にできないことなんて何もない。そう思えた。

僕は訊《き》いた。

「君は神様なのか？」

「まさか」

彼女は笑ってこう答えた。

「ぼくが神様であるはずがない。だって、こんなぼくに祈ろうなんて輩《やから》、ただのひとりだっていやしないだろう？」

神ではない。

だったら悪魔か妖怪変化の類か？

「普通の人間かと言われたら、それはちがうね。さすがに」

ですよね。

「わかるんだよぼくには。視《み》える、というべきかな……大小様々な世界の危機を察して、先手を打って対処することが、ぼくにはできる。だからぼくは自分を医者だと定義する。治しているのは主にこの世界そのもの。世界を治療するためなら何だってするし、どこにでも現れるよ。時には誰かさんの夢の中にだってね」

「…………」

「佐藤《さとう》ジローくん。君はこの世界の病だ。同時に君には力がある。いずれこの世界を滅ぼしてしまえるだけの力が。ぼくは君を治療、ないしは寛解《かんかい》させなければならない」

……そうか。

そうか、わかったぞ。

その時、僕は唐突に悟った。

すべてが繋《つな》がったんだ。天神《あまがみ》ユミリが僕の前に現れたこと。恋人になると言い出したり、わざわざ転校してきたり、人前で堂々とキスしてきたり――そしてまた僕を一晩中連れ出して『ナイトツアー』とやらに参加させ、彼女の〝仕事〟を目の当たりにさせたこと。

すべて理由のあることだ。

ようやく合点がいった。そうか、そういうことだったのか。

「わかったよ天神ユミリ。やっとわかったよ僕は」

「ユミリでいいよ。……何がわかったんだい？」

「全部だよ。僕が奇妙な力に目覚めた理由。君が僕の前に現れたこと。君が世界中を飛び回って、ヒーローの真似事《まねごと》をやってるのを僕に見せつけたこと——全部、すべてわかった。そうか、そういうことだったのか」

「ヒーローと呼ばれるのはむず痒《がゆ》いね。ぼくは自分にしかできなそうな仕事を、たまたまその能力があるからやってるだけさ。一種のボランティアだよ」

「つらいよな。大変な立場だよな」

　ブランコから立ち上がる。

　しゃがんでいるユミリを見下ろして言う。

「見たところ君は、自分ひとりだけで仕事をやっている。そうだろ？」

「そうだね。そこは否定しない」

「どう考えてもひとりじゃ荷が重い。世界中を飛び回って、マフィアやら犯罪組織やら、あげくには人間じゃないやつらまで相手にして——」

　あまりにも酷だ。

　ユミリがいつから自分の力に目覚めて、いつから今みたいな仕事をしているのかはわからない。でもそれにしたって昨日今日の話じゃないだろう。

天神《あまがみ》ユミリは。

たったひとりで、世界の敵を向こうに回して戦っている。

そんなことあっていいのか？　いいわけがない。これまた正確なところはわからないけど、ユミリは僕と同い年ぐらいの女の子なんだ。

「僕が、佐藤《さとう》ジローが存在する理由。こんなクソみたいな世界に生まれてきて、退屈しきって、心の中で毒を吐きまくって、それでも今日まで生きてきた理由。やっとわかったよ。今日この日のために、きっと僕は生まれてきた」

僕は手を差し出した。

ちょっと気恥ずかしい。でもそんなこと気にしてる場合じゃない。

彼女は、天神ユミリは、同じような力を持つ仲間を欲しがっているんだ。

「僕の力は君のために使う。安心してくれユミリ。君はもうひとりじゃない」

うん。

ちょっとじゃなくて、かなり気恥ずかしい。

でも言う。鼻の頭を掻《か》いてごまかしながら、ちゃんと伝える。

「手伝うよ。僕が君の力になる。君にはパートナーが必要だ。そうだろ？」

僕は僕の決意を表明した。

天神ユミリはこう言った。

「いいや？　全然」

……。

…………。

……………。

「え？　いや嘘《うそ》だろ？」

僕はあわてた。

いやあわてるよね？　普通ここは。

「待ってマジで。今の流れはそれしかないだろ？　お前と僕とで力を合わせて戦おうぜ、世界を救おうぜ、っていう、そういう話なんじゃないの？」

「うん。そういう話じゃない」

ユミリは首を振る。

「協力的になってもらえるのはとても助かるけれど、それは君という病を治すにあたってのことだ。ぼくの仕事そのものを手伝ってもらいたいわけじゃない。世界の病を治すのはあくまでぼくの仕事だ」

「え？　え？　じゃあなんで僕に見せたの？　お前の仕事のこと」

「だって、そうしないとジローくんは納得しないだろう？　そしてぼくが何者なのか納得しないと、君は意固地なままだっただろう？　言葉を並べて説明するよりは、実際に目で見てもらった方が早い。百聞は一見にしかずだと、ちゃんと説明したよね？」

いやまあそうだけど。

確かにそう言ってたけど。

「ぼくにとってジローくんはイレギュラーなんだ。何しろ君は、夢の力で世界を浸食する、かつてないタイプの病だから。普通にやっても治せないのはこれまでの経緯から明らかだし、ぼくの方も手探り状態なんだよ。それでも何とか君には対処する必要がある。今夜のナイトツアーはその一環」

「…………」

僕は呆《ほう》けてしまった。

ええええー……？　まじで……？

ちょっと待って。めっちゃ恥ずかしいんですけど。

僕、全力で勘違いしてたの？　それでキメ顔作って『君にはパートナーが必要だ』とか言っちゃったの？　『僕もヒーローになれるのかな』なんて思っちゃったわけ？　あかんこれマジで恥ずかしい。もう死ぬしかない。よし死のう。

「安心してくれ」

僕が身もだえしている一方で、ユミリはあっけらかんと言う。

「ジローくんにやってもらいたいことはちゃんと別にある。力を貸してもらいたいことには変わりないんだ。お願いできるかな？」

いやまあね。

やりますけど。協力しますけど。

なんていうかもーマジで殺してくれ。人生でこんな顔真っ赤になること、たぶん後にも先にもこれっきりだぞ？　もはや恥死したも同然だから、そりゃまあ従うけどさ。戦に負けた方は勝った方の言うことを聞く、みたいなノリでさ。

で？

いったい僕に何をさせようってわけ？

「ジローくん、君はクラスメイトのヤンキーにパシられているんだよね？」

何の話だ？

パシられてるのは事実ですけど。

「君が夢の中でリベンジの対象にしていた四人の人物のうち、一番わかりやすいキャラをしている例のあの子だ。ぼくが君にキスするところを見て口をあんぐり開けていた、学生食堂でも絡んできたけれどあえなく撃沈した、あの御仁だ」

あー、あいつね。

ムカつくヤツには変わりないんだけど、ユミリが現れたおかげで何か存在が霞《かす》んでしまったというか。今の今まで存在を忘れてたよ。いきなりキス二連発をかましてくれたユミリにはいろいろ言いたいことがあるけど、それを見せつけられたあのヤンキーの反応はなかなか傑作だったもんな。

「それと他の三人も。君がないがしろにされていると感じて、一方的に敵意を募らせて、夢の中で奴隷あつかいしていた女の子たち。『生真面目な委員長』に『陽キャのギャル』そして『引っ込み思案の文芸部員』」

ああ。

はいはい。いたね、そういう人たちも。これまたすっかり存在を忘れてたわ。

ウチのクラスの可愛《かわい》い女ども。見た目に恵まれ、学校内でも何かと話題に上る、そして僕にはまったくなびかない、僕から見たら遠い向こう側にいるやつら。

「単刀直入に言おう」

ニコリと笑ってユミリは言った。

「彼女たち四人を口説き落としてもらいたい。佐藤《さとう》ジローくん。君のすべてをかけてね」

第三話

クール系な委員長――氷川《ひかわ》アオイ。
フリーダム系なギャル――祥雲院《しょううんいん》ヨリコ。
小動物系な文芸部員――星野《ほしの》ミウ。
時代逆行系なヤンキー――喜多村《きたむら》トオル。

僕こと佐藤《さとう》ジローが、夜ごと見る夢の中で勝手気ままに操っていたクラスメイトたち。
ウチの学校においてヒエラルキー上位に分類される、いわば高嶺《たかね》の花《はな》。

「彼女たち四人を口説き落としてもらいたい」
僕の前に現れた謎の女、天神《あまがみ》ユミリはそう言って笑った。
「佐藤ジローくん。君のすべてをかけてね」

†

「わけわからん」

僕は口に出して言った。

「なぜそんな話の流れになる？　これまでの話の流れは何だったんだ？」

ナイトツアー。

天神ユミリいわく『ぼくを知ってもらうには実際を見てもらうのが手っ取り早い』ということで連れていかれた、世にも奇妙な世界一周旅行。

僕はてっきり、彼女は僕に力を貸してもらいたいのだと思っていた。

『世界を治す医者』を自称する、どうやら本当に世界を守る仕事をしているらしいユミリに助太刀して、僕も世界を守るヒーローになるのだと。

だってそうでしょ？

いま思い返しても、やっぱりそういう流れが自然だったと思うよ。普通はなるよ、あの流れなら、そういう結論にさ。

ところが『口説き落とせ』ときたもんだ。

それもおそらく、ウチの学校でいちばん手強《てごわ》そうな四人の女子生徒たちを。

「だってモノにしたいんだろう？」

ユミリはあっけらかんと言う。

「だから君は、夢の中にまで連れ込んでいたんじゃないか、高嶺《たかね》の花《はな》の四人を。夢は嘘《うそ》をつかない。ジローくんはその四人を高嶺の花だと、つまりは落としたくても落とせない女の子たちであり、可能であれば自分のモノにしたい対象だと認識している。自分の気持ちをごまかしても無駄だよ？　ぼくや君にとって、夢は物的証拠として機能するから」

「それはまあ、そうかもだけどさ……」

ちなみに今この瞬間、僕らは夢の中にいる。

僕が夜ごと見る、僕の思い通りにできる、閉じられた僕だけの世界で（まあ近ごろはちっとも閉じられちゃいないんだけど。今もこうして天神《あまがみ》ユミリがずけずけと入ってくるし）、僕とユミリは話し合いの場を設けている。

僕は王様の姿で、ユミリはペスト医者の姿。

考えようによっちゃ、ある意味ＳＮＳより便利なツールなんだよな、僕の夢って。誰にも聞かれたくない話をするにはうってつけ。機密性の高さに関しては、最先端の技術が逆立ちしても敵《かな》わない。即時性に関してはめっちゃ低いけど。

さらにちなみに。時系列的に今現在は、朝まで掛かったナイトツアーが終わった日の夜にあたる。徹夜させられた僕は授業中居眠りしまくってたし、色々なことがありすぎて、気持ちの整理をつける時間が必要だった。

「ていうかさ」

　僕は言う。

　この点だけは全力で突っ込んでおく。

「お前ってさ、僕の恋人じゃなかったの？」

「もちろん恋人だよ。ぼくとジローくんは正式にお付き合いしている仲だ。お母さまにも公認してもらっている関係さ」

「その点についてもいろいろ言いたいけど――恋人の僕に『他の女を口説いてこい』って言ってるわけじゃん？　おかしくね？」

「おかしくないさ」

　肩をすくめるユミリ。

　ペスト医者の姿なので、表情はぜんぜん読めない。

「世の中には複数の伴侶を持つためのシステムがいくらでもあるだろう？　愛人、側室、セフレ、呼び方は何だっていいが、関係を結ぶ相手がひとりであるとは限らない。個人の性質や能力によって、その形は千差万別に変化する。ちがうかい？」

「そりゃちがわんけど。一般論じゃんそれって。お前の言ってることって、僕らの間にも適用されることなわけ？　お前ってヤツはつまり、そういう価値観の持ち主だってことなのか？」

「ははーん？」

あごを撫《な》でながらユミリ。

マスク越しだから実際に見えてるわけじゃないけど、意地悪な猫みたいな顔でほくそ笑んでいる姿が目に浮かぶ。

「つまりあれかい？　君はすねているわけだな？　ぼくの気持ちが君に向けられているわけじゃないかもしれない、と勘ぐって」

「はあ？　なに言ってんのお前」

「ごまかしても無駄だよ。むしろごまかしている行為それ自体が、君の心理状態を如実に物語っている」

「いやだから。言ってることがわかんないんスケドー？」

「そうかそうか。つまりジローくんはぼくの束縛を欲しているわけだ。『ジローくんが他の女に目移りするなんてもってのほか、ちゃんとぼくだけを見てほしい、ジローくん大好き愛してる、抱いて抱いて』とぼくに縋《すが》り付《つ》かれたいわけだ」

「意味わかんんね。脳みそわいてんのかお前」

僕は突っぱねる。

ユミリはくつくつと笑う。

「ジローくん。君はカワイイね」

「…………」

なあああにおおおおおう!?

僕は逆上した。

言わせておけば好き放題に言いやがって！　図星だから反論できないだろうが！

まあ確かにそういうことになるよね！

僕の気持ちを因数分解していくと、この女が指摘した通りの結果になっちゃうよね！

でもしょうがないじゃん！　僕って非モテの童貞で陰キャだよ!?　僕みたいなヤツはひねくれてるくせにピュアで傷つきやすいって、昔から相場が決まってんの！　有史以前から変わらないの！　僕は悪くない！　悪いのは僕をこんな風にしたこの世界！　やっぱこんな世界は滅ぶべし！

「今ここで証明しようか？」

無言で歯ぎしりしている僕に、ユミリは言う。

「ぼくが君の恋人だということを、必要ならば行動で示してもいいんだよ？　まあぼくに言わせれば、とっくに何度も証明しているつもりなのだけどね。お望みであれば何度でも証明してみせるとも」

ちなみに彼女と僕の距離は近い。

夢の中に形作った僕の城。王様姿の僕は玉座に座り、ペスト医者姿のユミリは僕の膝の上に座っている。ブランコの時と同じだ。このヤブ医者……ひょっとしてこの先もずっと、この体勢を基本スタイルにするつもりなんだろうか？

さらにちなみに今現在、僕の夢の王国にいる人物は僕とユミリだけ。さすがに今の状況でパーリィナイトする気分にはなれない。『佐藤《さとう》ジローが見るよこしまな夢を制限して、世界が滅亡に向かうのを止める』というユミリの目的にとって、この状況はしてやったりなんだろうけど。

「いちばん手っ取り早いのはキスかな？」

ユミリがささやく。

耳元で。堕天使が誘惑するように。

「食堂で交わした口づけで、ジローくんは腰砕けになっていたけど。あれよりもっとすごいのをしてあげようか？　それともくちびるとくちびるの交わりでは物足りないかい？　だったらいいんだよ、してみせても。君が君の夢の中でしていた不埒《ふらち》な行為より、何倍もいろんな規制に引っかかりそうなコトをね。君が望むなら何だってしてしてあげる」

「……はンっ」

僕は鼻を鳴らした。

指を突きつけて言ってやる。

「残念だけどなヤブ医者。お前がどれだけ誘惑してきても、僕にはぜんぜん効かない」

「どうして？」

「いやその格好をしてるからだよ！」

僕は突っ込んだ。

「今のお前は色気もへったくれもないペスト医者の姿だからな！　ンな不気味な格好の女に口説かれたって何も響かねーんだよ！　ていうか『どうして？』じゃねーっつーの！常識で考えろよ常識で！」

「ふむ」

全身を覆うマントを指でつまんで、ユミリは嘆息する。

夢の中だけどそういう仕草はやけにリアル。

「仕方ないんだよこれは。なぜならここはジローくんの夢の中だから」

「？　僕の夢の中だとなんで仕方ないんだよ」

「ぼくが無理をしているからさ」

「無理を？　どういうこった？」

「知っての通り、ここは佐藤ジローが独占するパーソナルスペースだ。本来であれば君に断りなく侵入することはできない」

まあ……そうだよな。

つっても僕自身、夢の世界のことをよくわかってないんだけど。

「たとえばそうだね、宇宙飛行士が空から戻ってくるところを想像してほしい。高度数百キロから、成層圏を突き破って彼らは地球に帰還する。その速度はマッハ20。スペースシャトルに乗っていなければ、摩擦熱で消し炭になってしまう」

うん。

そういう話は聞いたことがある。

てことはつまりあれか？　スペースシャトル＝ペスト医者の格好、ってことか？

不気味なマスクに全身マントの姿が天神《あまがみ》ユミリを守っている？　『佐藤《さとう》ジローの夢の世界』っていう危険から？

「察しがいいねその通り。夢の世界は精神の世界。丸裸で別の誰かの精神世界に潜り込むのは自殺行為だ」

「要するに防護服ってことか。消防服とかダイビングスーツとか。火災現場やら海の底やら、普通じゃない場所に行く時は身を守る必要があるよな、確かに」

「いいたとえだね。ジローくんには文才がある」

「バカ言え」

あるかよそんなもん。

まあでも一応、文芸部所属なんだよな、僕って。幽霊部員だけど。

「夢の世界は意思の世界でもある。ペスト医者の姿は、世界を治す医者を自認している僕の、いわば覚悟の現れさ。覚悟はすなわち意思の力。繰り返すけど、この手の精神世界は扱いが繊細でね。色気もへったくれもないのは大目に見てほしいな」

「へーえ」

　僕の本能がチャンスの匂いを嗅ぎつける。

　ここは僕の、僕による、僕のための世界。

　地球上を所狭しと飛び回って、トラブルシューティングに勤《いそ》しんでいる天神ユミリでさえ、好き勝手はできないってわけだ。

「案外大したことないのかな、お前って」

「ふむ？」

「だってそうだろ。『ぼくは自在だよ』なんていつも言ってるくせに、そんなダサい格好をさせられてるってことだろ？　必要だからって言うけど、物は言い様だよな。強制されてることには変わりないわけだし」

「おやおや。挑発かい？」

　声のトーンが変わった。

　たぶんユミリは目を細めたのだろう。

　仮面に隠された表情がなんとなく想像できる。か弱いウサギに鼻っ面をシバかれたみたいな、そんな顔をしているにちがいない。

いわゆる虎の尾を踏むってヤツ。

でもさ、やられっぱなしでいられるか、ってんだよ。現実ならいざ知らず、ここは僕の夢の世界なんだ。実はまだ、僕とこの女の間に力の優劣はついてないんだぜ？　バタバタしてたからそんな話の流れじゃなくなってたけど、ここは僕が自由にできる世界で、僕はまだ本気を出しちゃいないんだ。

「確かにジローくんは挑発してもいい立場にある。こと夢の世界に限れば君の力は未知数だしね。ぼくがペスト医者の姿を強いられているのも事実だ」

ふふん。

そうだろそうだろ。

もっと思い知れ。ここじゃ僕が王様であり、神様なんだ。

敬え。畏れろ。ひざまずいて忠誠を誓え。膝に乗るなんてもってのほかだ。

「しかし君、現実世界とは態度が打って変わるねえ。学校にいる時の君は、まるで嵐の夜の小鳥みたいに息をひそめているというのに」

うるさいよ。

それが処世術ってもんなの。僕みたいなヤツはそうやってひっそり生きてるもんなの。お前にはわからんかもだけど。

「ジローくんはいわゆる内弁慶なんだな」

何とでも言え。

僕はお前の挑発には乗らない。

「カワイイね」

「なにおう!?」

乗ってしまった。

「おっと」

ユミリはひらりと僕の膝から降りる。逃げ足が速い。

「怖い怖い。ここはジローくんの世界だ、下手に刺激しない方がいいかな」

「なに言ってやがるこの野郎。今ここで勝負してやってもいいんだぜコラ」

「うん。夢の中だとまるで三下のチンピラのように威勢がいいね。やはり君はかわいい」

「てめ、まだ言うか」

「本音だよ。ひねくれているくせにシンプルにできていて、そのくせ不思議と不愉快にさせない。才能だと思うけれどね、そういうの。ジローくんがどうして人生どんづまりみたいな立場に甘んじているのか、ちょっと理解に苦しむな」

うるせーな。

人生にはいろいろあるんだよ。

お前みたいなヤツにはわからないだろうけどな。

「ともあれ君のミッションは変わらないよ」

ユミリは言う。

ペスト医者が手にしている、粗末な杖《つえ》を僕に突きつけながら、

「氷川《ひかわ》アオイ。祥雲院《しょううんいん》ヨリコ。星野《ほしの》ミウ。喜多村《きたむら》トオル。この四人を、君の全知全能をかけて口説き落としてもらいたい」

「いや意味がわからん」

やっと本題に戻ってきた。

いやほんとマジで。なぜそんな話になる？

「理由はシンプルさ。それが世界を危機から救う方法だから」

「僕のルサンチマンがそのうち世界を滅ぼす、ってやつか？」

「うん。そうだね」

「なんで僕が世界の危機なんて救わなきゃならない？　世界なんて知ったこっちゃないね。せっかく宝くじの当たりを引いてオモシロい力を手に入れたんだ、僕は僕の好きなようにやる」

「困ったね。ぼくと君は恋人同士だというのに。病める時も健やかなる時も、ぼくたちは共にあるんだよ？」

「お前が勝手に言ってるだけだろ」

「すごいチューもした」

「それもお前が勝手に」

「もっとすごいことだって、いつでもする用意がある」

「ハ、だからどうした？　不気味な医者の姿で言われたってぜんぜん効かねーっつーの」

「夢の中では威勢が良いけど、どこまでそれが続くかな？　繰り返すけど、朝になったら君は元の君に戻るんだよ？」

「……う、うるせーよ。逆に言えば今の僕は王様なんだ。お前の言うことなんて絶対にきかない」

「意固地だねえ」

　ユミリは笑った。

「まあ君をいじって遊ぶのはこの辺にして、もう少し真面目に説得するとしよう。説得するためには利益を説かなければならない。ぼくの提案は、ジローくんにとっても利益のあることなんだ」

「利益ぃ？　僕にどんな利益があるってんだよ」

「いちおう確認するけど、君は『わからせ』たいと思っているんだよね？　現実では自分になびかない女の子たちを、夢の世界で屈服させて、憂さ晴らしをして、思い知らせてやりたいと。そういう解釈で間違いないかな?」

ああそうだよ、そうですとも。

僕は確かにそういう動機で、あの四人を『わからせ』してましたよ。

器が小さくて悪かったですね。だってあいつら全員ムカつくし。夢の中で服従させて、僕は悦に浸っていたともさ。

「だったら君、話は簡単だ」

ユミリはまた笑った。

自信と確信に満ちあふれた声音。『自在』を名乗るにふさわしい、誰もが納得せざるを得ない傲慢さで、彼女は言う。

「ねえジローくん。夢の世界の出来事が——夢の世界でしか実現できなかった妄想が、もしも現実になったら。それはとても愉快なことだと思わないかい?」

†

翌日。

ユミリは学校に来なかった。

なんて不真面目な転校生だ。

普通はもうちょっとこう、学校に溶け込もうとか、クラスに馴染《なじ》もうとか、そういう努力をするもんじゃないのか、転校生ってやつは。

まあ、そもそもあいつに学校なんて必要あるのか、って言われたら、かなり怪しいもんだけど。人間をやめてるとしか思えない自在っぷりで、世界を股に掛けて活躍するヤツだもんな。学校なんて通ってるヒマないよな。普通に考えて。

ていうか、天神《あまがみ》ユミリは謎だらけだ。

あの女がどこのどなた様なのか、僕は一向にわからない。

どこで生まれてどこで生きてきたのか？

敵はいるのか？　味方はいるのか？

親は？　兄弟は？　友達は？

好きな音楽は？　好きな食べ物は？

何も知らない。

本当になーんにも。

知っているのはあいつの名前と、スタイルも顔も引くぐらい整っていることと、やたら距離が近くてスキンシップが多くてすぐに人をからかってくること、そして自在であることと——普通じゃ考えられない異能を持っていること。そのくらいだ。

そもそも僕とあいつは対立してたんだ。

僕が夢見るのを一方的に邪魔してくる、わけのわからんヤツ。不倶戴天《ふぐたいてん》。

普通なら前提となることをすべて飛び越えて、僕とあいつの関係は成り立っている。

まったくもって妙なことに巻き込まれちまったもんだ。それでいて恋人同士だっていうんだから、笑っちゃうよな。


さて。

天神《あまがみ》ユミリがいない学校は、居心地が悪かった。

そりゃそうだ。今現在の佐藤《さとう》ジローは『謎の美少女転校生からなぜか熱烈に気に入られているヤツ』というポジションであり、ユミリという付属物がなければ単なる目立たない陰キャにすぎない。

いや。むしろ前より立場がない。

ついこの間までの僕は、教室の空気でいればよかった。今は無理。ホームルーム前のこの時間、クラス中の視線《しせん》が僕に向いているのを感じる。

たぶんあいつら、僕に訊《き》きたいことがいろいろあるんだ。

『天神ユミリって何なの？』

『付き合ってるって本当？』

とか何とか、そういうの。

何しろユミリってやつは、今のところ僕にしか興味がないらしいから。他の誰かから話しかけられたとしても、大抵は適当にあしらってしまうんだよな。かといって僕に訊かれても困るから、基本的にこの状況は歓迎。訊かれたところで、どうせ満足な返答はできないだろうし。

そしてこの時間、委員長とギャルと文芸部員は教室にいなかった。

微妙な空気。

普段どおりに振る舞おうとしているクラスメイトたちの、隠しきれないぎこちなさ。

廊下から届いてくる他の教室のざわめき。

僕は音の出ていないヘッドフォンを耳にかぶせ、机に突っ伏して眠ったふりをしながら、このいたたまれない時間をやり過ごしている。

がらり。

教室のドアが開いて誰かが入ってくる音が聞こえた。

僕も慣れたものだ。つかつかつか。足音がまっすぐ僕の元へ向かってくるのがわかる。

足音の主が誰なのかも、もちろんわかる。

「オイこらジロー」

声を掛けられた。

寝たふりを続けると脚を蹴られる。ここは反応するしかない。

「……何？」

顔を上げる。

いかにも寝ぼけてます、という感じで目を瞬かせながら。

「今日の昼飯はチョココロネといちごオレだ」

ヤンキー、喜多村《きたむら》トオルが命令を下す。

僕の猿芝居には目もくれず、鋭くガンを飛ばして、

「忘れんじゃねーぞコラ。最近サボってやがるからなテメー」

「あ、うん」

「ああん？『あ、うん』だぁ？」

「あ、はい。すいません」

「けっ。イキがってんじゃねーぞ」

僕の顔をのぞき込んでくる。

その距離、十センチ。相手が天神《あまがみ》ユミリだったら、お色気にだまされて手のひらの上で踊らされてしまうところ。でも今回それはない。相手がヤンキーで、めちゃめちゃガンを飛ばされてるから。

「チッ。だっせーな、びびりやがって」

ヤンキーが吐き捨てる。

いやだって怖いんだもん。

僕、自慢じゃないけどビビリなので。

「ふん」

ヤンキーがくるりと踵《きびす》を返す。

用は済んだ、とばかりの態度。僕とヤンキーの接点は、基本これだけ。


『ちなみにぼくは手伝わない』

ユミリが僕に釘《くぎ》を刺したのを思い出す。

『ジローくん、君が自分の手でやるんだよ。四人の女の子たちを口説き落とすのは君の仕事だ』


……いやー。

無理ゲーでしょ、これ。

見てよあのヤンキーの態度。ゴミを見る目、そして虫けらのごとき扱い。

あれを口説き落とせって？

無理無理無理。目を合わせてしゃべるのも無理だもん。ていうかそもそも僕、あのヤンキーを女として見てないんだよ。だって怖いもんヤンキー。

実際、僕の夢の中で、あのヤンキーはパシリの役割だったでしょ？　ハーレム要員は他の三人だったでしょ？

『ねえジローくん。夢の世界の出来事が——夢の世界でしか実現できなかった妄想が、もしも現実になったら。それはとても愉快なことだと思わないかい？』

……そりゃ確かに愉快さ。

まさしく夢のある提案だよ、妄想が現実になるってんなら。

でもなー……つってもな……いやいや、やっぱないわー……あいつをパシリにするって話ならまだしも、口説き落とせとか。

だけど僕は思い出す。

ユミリはもうひとつ、こうも言っていたんだ。

『最初のターゲットはヤンキーちゃんね』

『言っておくけどこれはチュートリアルだよ？　たぶん簡単に済む話だから、気軽にやってほしいな』

『同時にこれは、もっとも緊急を要するミッションでもある。ジ、ロ、ー、く、ん、が、見、る、夢、の、影、響、を、も、っ、と、も、受、け、て、い、る、の、は、彼、女、だ、か、ら、』


「オイ」

また声をかけられた。

踵《きびす》を返したはずのヤンキー、喜多村《きたむら》トオルがこちらを振り返って、ガンをつけている。

「な、なに？」

「あいつは？」

「え？」

「あの女だよ。来てねーのか」

あの女？

しばらく考えてから思い当たる。ああ、ユミリのことか。

ヤブ医者とヤンキー。

なんというかこの二人、ランク付けはもう済んでる気がするんだけど。学食の一件で、喜多村トオルは手も足も出ない感じだったし。でも悪いことに、この手の人種ってメンツを人一倍気にするんだよな。

「そーか。来てねーのか」

ひとりごとのようにヤンキーは言う。

「学校サボったんか？」

「え。いやそこまでは僕には」

「わかんねーのかよ。お前の女《タレ》なんだろが」

「いやあ……」

そう言われましてもね。

僕ら出会ったばっかりだし。

「ふーん」

ヤンキーは目を細めた。

目を細めたけど一ミリも笑ってない。

どちらかというと、小ずるい肉食獣が罠《わな》を張ろうとしているような、そんな空気。

「おいジロー」

案の定、と言うべきだろうか。

嫌な予感が的中。ヤンキーは声に凄味《すごみ》を利かせてこう言った。

「テメーちょっと付き合えコラ」

†

さんざん言ってるけど僕は陰キャだ。

クラスでは目立たず、背も低くて風采《ふうさい》が上がらず、美容院に行っても『適当に切ってください』としか言えないし、友達もいない。ヒエラルキーは明らかに最下層。

だけど勉強ができないわけじゃない。むしろ上から数えた方が早い。

つまり優等生だ。学校はクソだと罵りつつも、他に行ける場所もないから仕方なく登校して、他にやることもないから渋々授業を聞く。教師に目を付けられたくないから授業を聞いてるだけなんだけど、学力はそれなり。陰キャでも問題行動が少なくてテストの点が取れるなら、学校にとっては都合のいい生徒なわけだ。

そんな僕が今日、授業をサボった。

サボらされた。ヤンキーに脅されて。

「オイこらジローてめー」

必死にレバガチャしながらヤンキーが言う。

「もっと真面目にやれやコラ。こっちが死ぬだろうが」

「え。やってるけど」

「口答えすんなコラ。……うわ、ちょ、ボム出せボム！　今のタイミングはお前の役目だろうが！」

「え、いやそんなこと言われても」

学校では三時間目の授業が始まっているころだろうか。

僕たちはゲーセンにいる。

ゲーセンでシューティングゲームをやっている。古い弾幕系のやつ。

ヤンキーと一緒にだ。喜多村《きたむら》トオルは僕の隣に座り、顔がブラウン管にくっつきそうなくらい前のめりになって、やかましく声をあげている。

いわゆる二人共同プレイ、ってやつ。

「おいジロー。次ボス出てくる。左側は任せた」

「え？　僕は右側なんじゃ？」

「まだしも左側の方が楽なんだよこのステージは。ほれさっさと移動しろぐずぐずすんな、ほら早く――あーもー何やってんの！　もうボス出てくるって！」

「いやだってザコ敵が弾とばしてくるから、避《よ》けるのに精一杯――」

「あーもーバカ！　わたしが左をやるから！　そのまま右側でいい！　集中！」

「あわわわ、やば、あわわわ」

僕、必死。

慣れない弾幕系はついていくのがやっと。それも脳みそ焼き切れるぐらい集中しないとすぐに死ぬ。死ぬとヤンキーがめっちゃ怒る。考える前に手を動かさないとだ、いわゆる

ゾーンに入った状態じゃないと。集中、集中、弾幕の軌道だけ考えて、

「んあ――――ッ!?」

どかーん。

ゲームオーバー。

「あーもー！」

ヤンキーが頭を抱える。

そしてコインをじゃらじゃら投入する。

「え。まだやるの？」

「クリアするまでだコラ。次はミスんじゃねーぞテメー」

そしてまた、ヤンキーによるスパルタシューティングが始まる。

ずっとこんな調子だ。

学校をサボって連れてこられた寂れ気味のゲーセン。古い筐体《きょうたい》がメインで、ワンゲームの料金も安めに設定してある。まだお昼前ということもあって客はまばら。

「おいバカ、ボム出せってボム！　ピンチだろうが！」

「え、でもボムは数に限りがあるから」

「ンなのわかってんよバカにしてんのかテメー。使わずに死んだら意味ねーだろ」

「でもボムはタイミングよく使わないと。……あ、そっち弾いった」

「わ、ちょ――あーもー！　死んだじゃん！　もう一回！」

「あの、つかぬことを訊《き》くけど」

「んだよ？」

「お金、僕が払わなくていいの？」

「ああん？　お前いつもわたしのパン代とジュース代払ってるだろが」

「あ、うん。まあ」

「じゃあここはわたしが払うだろ普通。……おい弾幕来てる！　ボム出せボム！」

「え、でもここでボム使うのはもったいない――」

「あー!?　ほら見ろまた死んだじゃねーか！　だからボムだってボム！」

　死んだのはボム関係なくてお前が口出しするからだよ。

と、思わず突っ込みそうになるも我慢。あと近い。ひとつの筐体《きょうたい》に並んでるから当然なんだけど、肩とか胸とかこっちに当たる。ゲームの邪魔。

　そして本当にクリアするまでやるつもりらしい。本気でやるなら攻略とか見た方が早いんじゃないだろうか。これだからヤンキーって人種は嫌なんだよ。すぐ頭に血が上って、自分を見失う。ノリとか雰囲気が優先で最適解をとらない。そりゃ頭のいいヤンキーもいるんだろうけどさ。

「ジロー、ちょっとひとりで粘ってろ。わたし両替してくる」

ヤンキーが立ち上がる。

まだやる気か。しかもかなり難易度の高い場面。こんなところで一人にしないで。

「死んだらオメー、一生わたしのパシリな」

鬼か。

これだからヤンキーって人種は——あ、やば死ぬ。マジやばいこの場面、あわわわわ。

エンディングまでいった。

何だかんだでちょっと盛り上がってしまって、思わずハイタッチなんかもしてしまって、その後はハンバーガー屋に連れていかれた。

「おいジローてめー」

オーダーを入れたところで文句を言われた。

「注文少なすぎだろが」

「え。そう?」

「素のハンバーガーひとつに爽健美茶だけって、ダイエット中の女子かよ。もっと食え」

「え、でも僕、あんまり食べない方だし。それに弁当も残ってるし」

「弁当はあとで食え。お母さんが作ってくれた弁当は残すな。これから食うハンバーガーはおやつだ。たくさん食え。食ってデカくなれ」

「いやそんな。成長期の中学生じゃあるまいし」

「まだ高校生だろが。食えばデカくなるし背も伸びるっつーの」

「でも僕お金が」

「うっせーな言い訳が多いんだよテメーは。いいから黙って食え。ここもわたしが出す。

――ええとすいません、こっちのでっかいバーガーみっつ追加で。あとこっちのポテトも。それと爽健美茶はシェイクに変更で」

どん。

どん。

どん。

狭いテーブルに大量の食い物が並んだ。

え、マジで？　これ僕が食うの？　全部？

「半分はわたしが食う」

いやそれでもかなりの量なんだけど。

下手したら大人一日ぶん、いやそれ以上のカロリーじゃない？

「デカくなるためにカロリー取るのは当たり前だろバカかお前」

そう言って喜多村《きたむら》トオルは巨大なハンバーガーにかじりつく。やけに食いっぷりがいい。

このヤンキーは細いくせによく食べる。

仕方なく僕もハンバーガーに手を付けた。肉とチーズのダブル。ひとくち食べただけでずっしり胃袋にひびく。

「……で?」

自分の分をあっという間に食べきってから、喜多村《きたむら》トオルが言う。

「何なの? あの女」

「え? 何が?」

「あいつだよ、あの転校生。オマエにベッタリの」

「ああはい。ユミリのこと」

「馴《な》れ馴《な》れしく呼ぶじゃねーか下の名前を。どうなってんだよオイ。いつの間にあんな女を引っかけた? そんな時間あったかオマエに」

「時間……はあるけど。基本ヒマだし」

「出会い系か?」

「やってないですそういうの」

「ナンパか? 告白か? 塾が一緒だとか?」

「いや。ちがうっす」

「マジで付き合ってんの?」

「いやあ……どうなんでしょ」

「ハッキリしろテメーこら」

「いやそんなこと言われても」

むしろどう説明しろと？

真面目に説明したら殴られそうだし、そもそも僕だって天神《あまがみ》ユミリのことをよく知ってるわけじゃない。むしろ知らないいんだ。あいつのことを、ほとんど何も。

「なんかボンヤリしてやがんな。お前らの関係」

喜多村トオルは追及をやめない。

僕の分のハンバーガーにも手を出しながら、

「つまりアレか？　正式に付き合ってるわけじゃないってことか？」

「まあ……そう、かな？　たぶん」

「結婚の約束をしてるわけでもない？」

「ない。それは絶対」

「じゃあストーカーだな」

ちょっと納得された。

でもなるほど。ストーカーか。案外当たってるかも。

なんせ夢の中で出会って、毎晩現れて、しかも何度も襲われて。挙げ句には現実にまで現れて恋人宣言だ。事象の表面だけなぞれば、むしろストーカー以外の何物でもない。

「困ってるならわたしに言え」

え？

「あの女に何かされたらわたしに言え、つってんだよ。守ってやらんでもない」

んん？？

どゆこと？？？

「パシリを横取りされてんだぞ？　舐《な》められたままでいられねーだろが？　あの女、今度お前に手ェ出しやがったらぶっ飛ばす」

怖い顔を作って、喜多村《きたむら》トオルは宣言するのだった。

僕は変な気持ちになった。なんか知らんけど、目の前のヤンキーの中ではそういう対立構造が成立しているらしい。どっちにしても迷惑な話だ。僕の意思とは関係なく話が進んでいる、という意味においては。

その後は百貨店に連れていかれた。

アパレル系のショップを何軒も連れ回された。喜多村トオルはトップスやらスカートやらをいくつも試着しては、あれでもないこれでもないとウダウダしていた。

ふいに「お前、胸のでかい女が好みなの？」と訊《き》かれた。「ぜぜぜ全然そんなことないけど」と答えたら「チッ……」と舌打ちされて、「男ってホント単純だよな」と呆《あき》れられ、そこから先は胸元を強調する服ばかりをやたら選んで試着していた。

さらにその後はバッティングセンター。喜多村トオルはホームランを何発もかっ飛ばしていた。僕の方はまあ、お察し。疲れるんだよ運動は。苦手ってほどでもないけどさ。

でもって、僕の中にはずっと違和感がある。

喜多村トオルって、こんなヤツだったか？

いやまあこんなヤツではあったけど。自分で言っておいて自分でひっくり返すのはどうかと思うけど。でも、うん。なんかやっぱり、引っかかる。

カルピスに喩《たと》える。あの乳酸菌と糖分の濃縮液をコップ一杯の水で割っても、ジョッキ一杯の水で割っても、それは等しくカルピスと呼ばれるものだ。でも味はぜんぜん違うだろ？　いわばそんな感じ。

そんなことを考えてるうちに夕方になった。

「おいこらジロー」

ようやく解放されるのか、とホッとした僕に。

喜多村トオルはこう宣言した。

「お前ん家《ち》いくぞコラ。今これから。文句はねーよなオイ？」

いやあるに決まってるだろオイ。

第四話

ゲーセン、ハンバーガー屋、百貨店、バッティングセンター、と連れ回された、その日の夕方のこと。

僕を連れ回したヤンキー女・喜多村《きたむら》トオルが無茶《むちゃ》を言い出した。

今これからお前の家に行く、と。

「え？　マジで言ってる？」

うっかり真顔で返してしまった。

「ああん？」

喜多村トオルはめちゃくちゃ怖い顔をした。

「マジに決まってるだろボケ。文句あんのかコラ」

あるよ。

むしろないと思ってんの？

強制的に学校サボらせて、ほとんど一日中あちこち連れ回された上に、ウチにまで来るとか。押しかけ強盗だってもう少し遠慮するよ？

僕は心の中で思った。

実際に口にした言葉はこうだった。

「いえ。文句ないっす」

だって怖いんだもんヤンキー。

とはいえ家に来られるのは困るので、僕はあわてて説得を試みた。もう遅い時間だし、家に戻った方がいいのでは？　親御さんも心配してるでしょ？

しどろもどろに伝えると、喜多村トオルは鼻を鳴らして、

「ウチに帰っても酒くせー毒親がいるだけだ。お前ん家《ち》に行く方がマシ」

と吐き捨てた。

「そう言われると返答に困るけど、いやでもそう言われましても。急な話だから何の準備もしてないわけで……」

「おもてなししろ、って言ってんじゃねーよ。ただ時間潰すだけだ」

「でもウチの家って割と古いし……」

「6LDKで鉄骨鉄筋のご立派な邸宅だろが。ウチとか築五十年の木造だぞテメー。ナメてんのかコラ」

「それに万一だけど、ウチのババアが家にいたら面倒だし……」

「大阪のオバハンみたいに言うんじゃねーよ。ばりばりのキャリア官僚だろうが、お前の

お母さん。すげー美人だし」

でも何ていうか、ほら、そう。昼間のサボりはたまたま補導とかされなかったけど、夜になったらいろいろリスクも高いし、バレたら何かと困るんじゃない？　ていうかそうだ、そっちのご実家に連絡は？　許可取らなくていいの？　こんな時間によそ様のお宅にお邪魔するってなったら、根回しやら何やら必要になるっていうか。たとえば手土産とか用意するもんじゃない？　いや別に欲しいわけじゃないけど。あっ、ていうかヤバい、僕の家、ぜんぜん掃除してないわ！　オカンは仕事忙しいからあんまり掃除できてないんだよね、もちろん僕の部屋もゴミだらけ！　見られちゃいけないモノもたくさんある、いや参ったな、これじゃあお客さんをお招きするなんてもってのほかだね！

というわけでまた今度にしない？　今度にするよね？　次の機会によろしく、ってことで、ここはひとつ。お願いできませんかね？　できるよね？

†

できなかった。

家に押しかけられた。

「──あら!?　あらあら、まあまあ！」

しかもババアが家にいた。

くっそマジかよ最悪。この時間は基本仕事だろお前。何で今日に限って家に帰ってきてんだよ。嫌がらせか？

「久しぶりじゃない！　トオルちゃんよね？」

「うす。ごぶさたっす」

「わあ美人になってホント！　あーなつかし！　元気してた？　何年ぶりかしら」

「うす。たぶん小学校以来っす」

「やだもうそんなに？　やだわあ、歳《とし》は取りたくないわねえ」

「うす」

「ウチの息子と同じ学校になった話は聞いてたけど、ねえ？　ジローってこんな感じだから、トオルちゃんのこと訊《き》いても『ああ』とか『おお』とかしか言わなくて。ねえ大丈夫かしら？　ジローが何か迷惑かけてない？」

「うす。問題ないす」

「あっ！　ていうかごめんね立ち話しちゃって。ささ、あがってあがって、汚いところでごめんなさいね」

「うす。お邪魔します」

あがりこまれた。

僕をパシってるヤンキー、まさかの上陸。

「あーもう、ほんっと懐かしいわあ」

オカンの勢いに押されて、僕らはリビングに向かった。

Lの字型のソファーに、僕と喜多村《きたむら》トオルが隣同士に座り、オカンが左斜め前に陣取ってニコニコしているフォーメーション。

「トオルちゃん、いろいろあって引っ越しちゃったもんね。ジローと仲良くしてくれてたし、あの時は寂しかったわあ」

「うす」

「ちょっとジロー。あなた幼なじみとはちゃんと連絡取り合いなさいよ。子供のころに仲良かった友達はもっと大事にしなさい」

「……おう」

「なーにが『おう』よこの子、カッコつけて。思春期の男の子ってホントわかんないわよねー。よくわかんない生き物すぎて何が何やら。ねー聞いてよトオルちゃん、ジローったらすっかり反抗期で」

「うす。くわしく」

「ええとね、たとえばね、おばさんがジローの部屋に入ろうとするとね、すーぐキレるのよね。そのくせ朝は寝坊するし、部屋は片付けないし。でも逆にエッチな本みたいなのは持ってないみたいで。近ごろの子ってホラ、スマホ世代じゃない？　デジタルネイティブっていうか、紙の本にはあまり興味ないっていうか？」

おいこらやめろ。

息子の繊細なプライベートを気軽にバラしていくな。

「やっぱスマホがいけないのよねー。現代っ子はね、これがあるから何でもできちゃって。おばさんとしてはね、息子がベッドの下に隠してるエッチな本をうっかり見つけちゃってね、気づかないフリしてそっと戻す、ってイベントもやってみたかったのに」

「うす」

「ていうかトオルちゃん、おカターい。さっきから『うす』ばっかり。昔はもっと違ったじゃない？　リラックスリラックス、ぜーんぜん気にしないで。自分の家だと思ってくつろいでくれていいから」

「うす。いえ、はい」

「あっ！　ごめんなさいね、何にも出さないで。ジュース飲むわよね？　あーしまった、野菜ジュースしか冷蔵庫に入ってないけどいいかしら？」

「うす。お構いなく」

「なに言ってんの、もちろん全力でお構いするわよお。ていうか晩ご飯食べていくわよね？　何も用意してないからピザでも取ろうかしら。それともお寿司《すし》がいい？　ていうか面倒だから両方取っちゃうわね。せっかくなんだし」

　というわけで出前まで取った。

　喜多村《きたむら》トオルは遠慮しなかった。というか正確には、遠慮しようとする気持ちはあったけど飯の話が出た途端に食欲に心が奪われてしまった、という感じだった。このヤンキーは餌付けに弱い。

　ちなみに僕の意見はガン無視された。出前ってあまり好きじゃないんだよ。ポテチとかカップラーメンの方が嬉《うれ》しいんだけど。

「トオルちゃん美味《おい》しい？」

「うす。めっちゃ美味《うま》いっす」

「たーくさん食べてね。ちょっと注文しすぎちゃったから」

「うす。責任もって全部食べるっす」

「うふふ、トオルちゃんって食べっぷりがいいわよねえ、昔から。それにたくさん食べても細いのよね身体《からだ》。うらやましいわあ」

「うす」

「ちょっとほら、ジローもちゃんと食べなさい。あなたまだ背は伸びるはずなんだから。お父さんは大きい方だしお母さんも小さくないし、遺伝的にはいけるはずなのよ」

　うっせー。

余計なお世話だババア。

僕をパシってるヤンキーが自分ちまで侵入してきてるのに、食欲なんて湧くかっつーの。ていうかめちゃくちゃハンバーガー食わされたんだよ。胃がもたれてんだよ。

「っとにもー、この子は反抗期で。トオルちゃん、悪いけどジローにあーんしてあげてくれる？　この子ぜんぜん食べないから食べさせてあげて」

「うす。……ん？　え？」

おいこらババア。

お前、どさくさに紛《まぎ》れてなに口走ってやがる？

「うふふ！　じょーだん冗談！　やだトオルちゃんカワイイ、顔赤くしちゃって！」

「うす。いえ。んなことないっす」

「冗談だったけど、ホントにやってみる？」

「う、いえ。それは。……マジすか？」

「うん。トオルちゃんがよければ」

ババアのたわごとをヤンキーは真に受けている。

僕が何か言えばいいんだろうけど、ババアにまともに口を利いてやるのも腹が立つというアンビバレンツ。

「う。あ。う」

ヤンキーは酸欠の金魚みたいに口をぱくぱくさせている。顔が赤いところも金魚そっくり。マンガだったら目がぐるぐる巻きになってるところ。

「あはは！　んもー！　ほんとトオルちゃんカワイイ！」

ババアは大ウケだった。

逆に僕は大シラケだよ。冷めたピザを無理やり口に運び、コーラで強引に流し込む。

どうか、この地獄みたいな時間が早く過ぎ去ってくれますように。ていうか夢であってほしいな。好きなように夢を見る能力を持ってる僕のセリフとしては、ちょっと皮肉が効きすぎてるかもだけど。

この世には神も仏もいないのか、と諦めの境地だったけど、案外そうでもなかったらしい。ババアに天罰が下った。

具体的には、ババアの仕事用スマホに連絡が来た。

緊急要請。今すぐ登庁しろ。

「ゆっくりしていってね！　遠慮しなくていいから！」

慌ただしく身なりを整えて、ババアはパンプスを履く。

「家にあるもの好きに使っていいから！　泊まっていっても問題なし！　ジロー、ちゃんと面倒みてあげて！　ああそれと」

ババアは僕に耳打ちして、

「このあいだ電話で話した彼女さんって、トオルちゃんじゃないわよね？　あとで詳しく聞かせなさい。絶対よ？」

こうしてババアはいなくなった。

グッバイ、ババア。多少の同情はしなくもないけどいい気味だ。朝まで帰ってくんな、話がややこしくなるから。

「……っぷはあ！」

ヤンキーが大きく息を吐く。

「あー緊張した。お前んとこのお母さん、美人で迫力あって押しが強いから、ついビビっちまうんだよな」

そうなのか？

僕は身内だからよくわからんけど。

てことはむしろ、オカンがここにいた方がよかったのか？　ヤンキーが借りてきた猫みたいになっていたのは事実だし。

「はーあ。テレビつけよっと」

ヤンキーが勝手にリモコンを操作する。

だけでなく、ソファーにだらしなく背中をあずけた。明らかにくつろぐ体勢。

え？　まだ帰らないの？

「ああん？　ゆっくりしていってね、って言ってくれてただろーが」

そりゃ言ってたけど。

いやでも普通、このあたりでおいとまするのが自然な流れでは？　そっちのお母さんもそろそろ心配する時間だろうし、

「うっせーなテメーには関係ねーだろが。いーからテメーもくつろげやコラ。そっちがくつろいでないと、こっちもくつろげねーだろ」

くつろげないなら帰った方がいいのでは？

と思ったけど言わないでおいた。ヤンキー怖い。

テレビが流れる。

ひな壇芸人が大活躍のトークバラエティ。特定のお題をテーマにした、ボケとツッコミの大乱闘。面白くないわけじゃないけど耳に入ってこない。きれいに平らげられたお寿司《すし》の桶《おけ》から、酸っぱいような甘いような匂いがほんのり漂ってくる。僕の気分は苦い。住み慣れた家に異物が侵入。この時間を楽しく過ごす術《すべ》を、僕は持ち合わせていない。

「ええとじゃあ僕、自分の部屋に行ってるから」

「ああ？　何でだよ。オメーがここにいなかったら、わたしがここで一人でいることになるだろうが」

「うん、まあ。そうですね」

「よそ様の家で客がひとりでいるのはおかしいだろ。あれこれ勝手に触ったりできねーんだし、むしろ勝手に何かやらねーように見張っとくのが筋ってもんだろ」

「この時間でお帰りいただければ、ぜんぶ解決しそうな気がします」

「つーかシャワー浴びていいか？」

え？

いやなに言ってんの？

「だからシャワーだよ。バッティングセンターで汗かいたし」

そりゃ汗ぐらいはかいたでしょうけど。

なぜにウチで？　シャワーを？

「お前のお母さんが言ってただろ。遠慮しなくていいから、って」

言ってたけど。

でもそれは社交辞令として受け取ってもらえませんかね？　普通入るかこのタイミングで？　ヤンキーには遠慮ってもんがないのか。

「『ジロー、ちゃんと面倒みてあげて！』って言ってたよな、おばさん」

いやいや。

言ってたけどさ。でもそういうことじゃなくてさ。

「バスタオル貸せや。あ、着替えはいらねーから」

そういうことになってしまった。

喜多村《きたむら》トオルがシャワーを浴びている。

僕はリビングで、喜多村トオルが浴びるシャワーの音を聞いている。

友達がほしいと思った。切実に。

これまではクソ面倒くさい人間関係なんか真っ平で、どうせ世の中のことなんてひとりでなんとかできると高をくくってたけど。なんとかできないことなんて、世の中にたくさんあるよなあ、常識で考えて。誰か相談に乗ってほしい。この状況って何なの？　一体どういうポジションに立てばいいの？　こういう時に相談する相手がいないヤツはどうすりゃいいんですか。児童相談所にでも連絡すればいいの？

ていうか天神《あまがみ》ユミリ。

こういう時のあいつだよ。病める時も健やかなる時も共にあるんじゃなかったのかよ。僕、めちゃくちゃ困ってるぞ？　かつてなくお前の登場を願ってるぞ？　お前は自在なんだろ？　神出鬼没のヒーロー様だよな？

なのになぜ、こういう時に限って現れない？

『ちなみにぼくは手伝わない』

『ジローくん、君が自分の手でやるんだよ。四人の女の子たちを口説き落とすのは君の仕事だ』

……あー。

言ってたなあ。

言ってたわ、確かに。

なんて無責任なヤツだろう。だって、僕がこんな状況に陥った原因は、あの自称・自在な女、天神ユミリに他ならないんだ。もうちょっと責任取ってくれ。『ぼくは手伝わない』じゃないよ。お前が言い出した話じゃん。僕が望んで、僕が自分で始めたことじゃないんだよ。『四人の女の子たちを口説き落とすのは君の仕事だ』なんてバカ言ってんじゃないよ、僕の自由意思とか人権とかはどこへ行っちまったんだ。

だって僕自身の認識では、そこまで悪いことしてなかったはずなんだよ。ユミリいわく、僕の夢は現実に悪い影響をもたらすって話だったけど、でもそんなの予想できない話だし、僕に責任なくないか？

そもそも僕がこの世界にどのくらい悪影響を与えているのか、本当にこの世界が破滅に向かっているのか、そういうことだって何も証明されちゃいないんだ。すべて天神ユミリが勝手に言ってることで。

確かに僕はこの目で見た。天神《あまがみ》ユミリが普通の人間じゃないってこと。どうやら真面目に世界の危機と戦っているらしいこと。……でもそれがどうした？　何でそれが今の状況に繋《つな》がってくるんだ？

僕の置かれてる立場って何なの？

天神ユミリが何者なのか、という謎と同じくらいに。僕は、僕がこれから何をしていくべきなのか、身の振り方をどうしていけばいいのか、呆《あき》れるほど何もわかっちゃいない。この期に及んでもまだ。

「おい」

声を掛けられた。

喜多村《きたむら》トオルがシャワーを済ませたらしい。

バスタオルで髪をわしゃわしゃしながら「お前は入らねーのかよ？」なんて言ってくる。

「あーいや別に。入らないけど」

「ふーん」

僕の隣に腰掛ける。

ぎしり、音を立ててソファーがきしむ。

ふわり、と香ってくる。シャンプーだかボディーソープだかの、花のようなフルーツのような匂い。オカンが使っているものと同じはずなのに、やけに鮮烈な。

「あのさ」

こちらを見てくる。

「わたしたちって、幼なじみじゃん」

え？

そっち側ではそういう認識なの？

「おばさんもそう言ってただろが。ていうか小学校が一緒なら幼なじみだろ」

まあそのへんは。

価値観の違い、ってやつじゃないですかね？

僕にとってはお前はヤンキー以外の何物でもないよ。僕をパシってくる僕の敵。

「お前、変わったよな」

僕が？

「変わったよ。昔は今みたいじゃなかった」

そりゃそうだろ。

小学校の時って、まだ十歳にもなってないころで。

今の僕は十六歳。あれから倍近く人生が進んでしまってる。変わってなかったらむしろ気持ち悪いよ。

「お前って童貞？」

しらねーよ。

そっちこそどうなんだ。

「確かめてみれば？」

どんっ。

突き飛ばされた。

あっさりソファーに倒れ込んだ。

ヤンキーが馬乗りになってきた。僕は身体《からだ》がすくんでいる。ヤンキーがじっとのぞき込んでくる。風呂上がりで顔が赤い。半分しかボタンをかけてないブラウスの隙間から胸元がのぞいている。白い下着が見える。意外にも可愛《かわい》いレースのやつ。

いやいや。

ないわ。

まあ一番ないのは僕なんだが。

空気に逆らえない弱気。

強制力にも似た劣等感。

どこかで間違ってしまった自覚。

テレビのお笑い番組は一番の見所を迎えているらしい。どっかんどっかん、さっきから大ウケの連発。壁時計の秒針がじじじじじじと死にかけの蝉《せみ》みたいに鳴いている。あとは

ヤンキーの少し乱れた息づかい。風呂場の方で換気扇がぶぅうぅんと回っている。がちゃがちゃ、かちゃり、玄関の鍵が開く音がする。

ヤンキーが顔を近づけてきて、

「わわわ忘れ物～、っと」

オカンがリビングに入ってきた。

ばったーん！　とドアを開けて、頭をかきながら、

「いやもーおかーさん困っちゃったわー。大事な資料忘れてタクシーで戻ってきたわよー。どうふたりとも？　仲良くやってる？　ゴハン足りてる？」

「うす」

ヤンキーが白々しく答える。

コンマ一秒でソファーに座り直した運動神経は見事。

ただし顔はガチで真っ赤。

「あらトオルちゃんシャワー浴びた？　ごめんねえお風呂ちゃんと掃除してなくて。来るってわかってたらコスメとかいろいろ用意しといたのに。……あっ、それじゃおばさん、もう一回行ってくるわね、ゆっくりしていってね！　ちょっとジローあなたちゃんと面倒みてあげなさいよ!?　あとごめん玄関の鍵かけといて！」

そう言い残し、ダッシュでオカンは出て行った。

テレビの番組が大ウケの尾を引きつつＣＭに入る。

†

「……え？　それで？」

天神《あまがみ》ユミリがすっとんきょうな声をあげた。

その日の夜。夢の中。

「それで終わりだよ」

僕は言った。

玉座に腰掛けて、肘掛けに頬杖《ほおづえ》をついている。

ところでこの表現、我ながらいいな。『腰掛けて』→『肘掛け』→『頬杖』、身体《からだ》の部位が三カ所連続で並んでいる。ただの偶然だけど美しい。いちおう文芸部に所属している身としては、思わず感激せずにはいられない。いやホントに関係ないんだけどさ。ちょっと現実逃避させて。

「Ｊｅｓｕｓ《ジーザス》」

ユミリが言った。

やたらと発音が良かった。小馬鹿にされてる感がハンパない。

「信じられない。そのシチュエーションで何もないだって？」

ユミリは首を振る。

だけでなく、両の手のひらを天に向けて肩をすくめる。

ペスト医者の格好でそのポーズをされると、ひかえめに言ってけっこうムカつく。

「ジローくん、君わかっているのかい？」

「何がだよ」

「何もかもがだよ。自分の立場、自分の犯した過ち、これまでの人生、生まれてきたことそのもの」

「全否定かよ。僕の存在そのものにダメ出しか？」

「どう言われたところで文句は言えないだろう？」

ユミリは僕に指を突きつけて、

「君はそれだけのことをしたんだ。何もしなかったことによって、自らの存在を貶《おとし》めたんだ。こんな悲劇は他に類を見ない」

「……そこまで言う？」

「言うともさ。君は本当にY染色体を持ったオスなのかい？　人間として、いや生物として恥ずかしくないのかい？　生殖行為を望んでいるメスを拒絶するなんて、宇宙の法則をねじ曲げるに等しい蛮行じゃないか」

「……そこまで言う？」

僕は傷ついた。

なんてひどいことを言うヤツだ。

お前、僕の恋人なんだろ？　病める時も健やかなる時も、なんだろ？　もうちょっと僕に優しくしてくれてもいいんじゃない？

「だからこそ苦言を呈している」

ユミリはさらに指を突きつける。

ちなみに今夜も彼女は僕の膝の上。

「ぼくの方こそ言いたいね。君、ぼくの恋人なんだろう？　もっとぼくの恋人らしく、きっちり四人の女の子を口説いてもらわないと困る」

めちゃくちゃなロジックだ。

普通、恋人が『女を四人口説け』なんて言うか？

まあ普通じゃないんだけど、天神《あまがみ》ユミリってやつは。そのことだけは、ここしばらくの間で嫌っていうほどわかったけど。

ていうかそもそもだよ？

ユミリが主張するミッションって、一体どのへんが世界を破滅から救うことに繋《つな》がってるんだ？

僕のルサンチマンを解決すれば、僕が夢を見る必要がなくなって、世界を救えるっていうけれど。そして確かに僕のルサンチマンは、氷川《ひかわ》アオイと、祥雲院《しょううんいん》ヨリコと、星野《ほしの》ミウと、喜多村《きたむら》トオルの四人に、集約されているとは思うけどさ。でも本当にそれがベストの方法なのか？　他に方法があるんじゃないの？

たとえば、これはもうぶっちゃけなんだけど。そして僕が言うことじゃないと思うんだけど。僕を殺してしまった方が手っ取り早くないか？　考えるだに恐ろしい想像だけど、でもユミリはそれだけの力を持ってるはずだよな？

どうにも違和感が拭いきれない。

具体的に何がどう、とは言えないんだけど。

「というかジローくん。これは根本的な話なんだけど」

ユミリが語調を変える。

何やら改まった雰囲気。ペスト医者の格好で僕の膝の上に座っているから、改まるも何もないんだが、

「君、どうして陰キャなんてやってるんだい？」

本当に根本的だった。

今さらそこ？　ていうか陰キャに理由なんてあるか？

「あるとも。というかジローくん、君って何気にスペック高くないかい？」

「僕が？」

「君がだよ。君っていいところのお坊ちゃんじゃないか。古いと言ってるけどお家《うち》は相当にご立派な邸宅だし、お母さまは美人で話の分かるキャリア官僚だし」

「口うるさいだけのババアだよ。それに自分の母親が美人だからって何の得がある？」

「お金には困っていないよね？」

「好きに使えるわけじゃないんだが。自分で稼いでるわけでもないし」

「見た目だってそこまで悪いわけじゃない」

「背は低いけどな」

「頭が悪いわけでもない」

「テストの成績がちょっといいだけだっつーの」

「それにモテてる」

「アホか。本当にモテてたら陰キャになんてならんわ」

「聞き捨てならないね。このぼくが君の恋人になっているというのに、それをモテているうちに入らないと言ったのかな？　へーえ。ふーん」

「いやだって、お前のことはよくわかんないし……恋人って言ってもそっちが勝手に宣言してるだけだし……」

「しかも君、ぼくだけにモテてるわけじゃないよね？　喜多村トオルにもモテまくってるじゃないか」

「いやいや。あいつは数に入らないだろ」

「というかだね」

ぴょん、と僕の膝から飛び降りる。

芝居がかった仕草で、ペスト医者の杖《つえ》を、こんっ、と床に打ちつける。

「その喜多村《きたむら》トオルだ。彼女は君の幼なじみなんだろう？　美少女が幼なじみって時点で、すでに勝ち組なんじゃないのかい？」

「あいつはヤンキーだよ。それに僕をパシってる」

「そこも疑問なんだ。そもそも君の置かれている状態はパシられてると呼べるのかい？　ゲームセンターの代金も、ハンバーガーの食事代も、バッティングセンターの料金も、ぜんぶ喜多村トオルの支払いだったじゃないか」

「それはそうだけど」

「決して安い金額ではなかったよね？　君が日頃から出しているパンやらジュースやらの費用が、いっぺんに戻ってくる金額だったよね？」

「いやいや。そんなには。せいぜい半分くらいで」

「半分も戻ってくるならいいバランスだ。むしろデートであればそのくらいが自然な配分だ。ていうかデートだったよね？　喜多村トオルと君がしていたことは、総合的に判断して確実にデートだったよね？」

「あれがデートなもんか。こっちが一方的に連れ回されて――」

「挙げ句、君は据え膳に手を出そうとすらしなかった」

「いやだから、あいつはそういう対象じゃ――」

「結論を言おう」

ずいっ、と。

杖《つえ》を僕に突きつける。

「君の陰キャはヌルすぎる。世にごまんといる真実の陰キャたちからすれば、君の発言は冒涜《ぼうとく》に等しい」

……えええ？

そこまで言います？

これでも僕、けっこうこじらせてると思うんだけど？

「まあ確かに、ルサンチマンというやつは客観的な物差しで測れるものじゃない。誰もが羨むスペックの持ち主だって、心に鬱屈《うっくつ》を抱えることはあるだろう。だがそれでもあえて言う。君は甘ちゃんだ。ぬるま湯に浸《つ》かっているくせに、さも地獄の業火に炙《あぶ》られているかのように憐《あわ》れみを欲する、とんだ被害妄想の持ち主だ」

ひどい言いぐさだ。

昔の僕だったら、すぐにキレて襲いかかっているところだ。

ここは僕の夢の世界。凶悪なドラゴンだろうと、悪辣なデーモンだろうと、自分を好きな姿に変えることができるんだから。

ま、実際にはもう、そんな気にはなれないんだけどさ。

天神《あまがみ》ユミリがどんなヤツなのか、今はそこそこ知っているから。

自由奔放、縦横無尽、天衣無縫。

天下無敵のボランティア・ヒーロー。

こいつには何を言っても無駄、のれんに腕押し、糠《ぬか》に釘《くぎ》。

彼女自身が言うところの『自在』っぷりで、こっちが何をどうしようと笑ってはね除《の》け、我が道をいくに決まってるんだから。

というか、ずっとマウントを取られてるんだよな、僕。

最初の出会いから今日までずっと、先手先手で回られて。こっちは受け身になるしかないんだよな。シャクに障るのと同時に腑《ふ》にも落ちる。天神ユミリというキャラクターの、苦笑いするしかないチートっぷりを、さんざん見せられてきただけに。

「まあでも！」

からからと笑う。

天神ユミリが、ペスト医者の格好で。

「そういうところもカワイイんだけどね、ジローくんは！　手の掛かる恋人もそれはそれで悪くないものだ。安心してほしい、これからもぼくは君を支えていくよ。あたかもダメ亭主に尽くす大和撫子《やまとなでしこ》のように。病める時も健やかなる時もね」

「そういうところがカワイくないんだよお前は……ていうか、もっと僕に媚《こ》びてくれりゃいいのにと思うよ。そうすれば僕なんて一発でコロリだろ」

「ん、いいねそのセリフ。ぼくにデレてるのかな？」

「お前のスペックが恐ろしく高いのは認める」

「カワイイこと言うね。キスするかい？」

「ただし、お前のその格好で言われてもぜんぜん響かねーんだけどな！」

「これかあ」

　ユミリは、自分の全身を覆うマントを指でつまんで、

「ぼくの防護服だからねえ、これは。カワイくないのは認めるよ」

「ふん。そこだけはお前の弱みだな？　僕の夢の中じゃ、天下の天神ユミリ様ですら本当の意味での『自在』じゃいられない、ってわけだ」

「おやおや。これは一本取られた」

　くつくつくつ、と肩を震わせる。

　これっぽちも皮肉が効いちゃいないところが、また腹立たしい。

「くどいようだけど、あらためて方針を確認するよ」

ユミリが総括する。

「ジロー君のミッションは四人の女の子を口説き落とすことだ。ターゲットは氷川《ひかわ》アオイ、祥雲院《しょううんいん》ヨリコ、星野《ほしの》ミウ、喜多村《きたむら》トオル。なぜなら彼女たちは、君のいちばん深いところに根ざしたルサンチマンの源泉だから。あの四人との関係性において、一定以上の何かを得ることができるなら、君という病は——世界を破滅させうる夢見の力は、寛解《かんかい》する可能性が高い」

「うーっす」

「気のない返事だね。ちなみに口説けとは言ったけど、喜多村トオルはチュートリアルに等しい相手だからね？　こんなのは通過点にすぎないんだよ本来なら。一日あればちゃちゃっと済ませられると期待していたのに、まったく君ときたら」

「へーへー。悪かったっすね」

僕は気のない返事を繰り返す。

というかこの状況で『気のある返事』なんてできるか？

ここまで僕、ほとんど一方的に巻き込まれてるだけだぞ？

わかってないんだよ、何もかもが。夢のことも、僕という病とその力のことも。

好き勝手に振り回してくるユミリの正体も、急に態度を変えてきたようにみえる喜多村トオルのことも。

　何もかもなんだよ、本当に。

　なーんもわかっちゃいないんだ。フワフワなんだよ僕の立場は。

　むしろこの段階まで曲がりなりにもついてきていることを、もうちょっと褒めてくれてもいいんじゃない？

「まあ君の言い分もわかる」

　うなずくユミリ。

「でもぼくの立場も理解してほしいね。何もかも洗いざらい話してしまえる状況じゃないんだよ、実を言うと」

「……そうなのか？」

「そうなのさ。なんせ君は、このぼくでさえ匙《さじ》を投げかけた〝世界の危機〟なんだからね。こんな破格のイレギュラーを相手取ってるんだから、慎重に慎重を期していることを汲《く》んでもらいたいな」

　ふーん。

　それは意外。

　コイツのことだ、もっとあらゆることに快刀乱麻を断つごとく、ばっさり斬り込んでくるものと思っていたけど。必ずしもそういうケースばかりじゃないのか。

あるいはそれだけ僕の力が危なっかしいもの、ということ？

「ちなみにこのままだと、ちょっとマズいことが起きる」

「マズいことって？」

「決まってるさ」

天を仰いでユミリは言う。

「世界の危機が現実になるんだよ」

†

次の日。

「おいこらジローてめー」

朝のホームルーム前。

喜多村《きたむら》トオルが僕に絡んできた。

「今日はレモンクリームパンとカフェオレだコノヤロー。バックレんじゃねーぞコラ」

清々《すがすが》しいくらいに、だ。

昨日のことなんて何もなかったかのように、いつも通りのヤンキー。

ガンの飛ばし方が様になっている。ドスの利かせ方、僕の顔をのぞき込んでくる角度。

どれもこれも、僕を反射的にすくませる何かを持っている。

　年季の入った立ち居振る舞い。

　僕も年季の入ったビビリだ。嵐が過ぎるのを待つ小鳥のように、身体《からだ》を小さくしてびくびくしているしかない。「あ。うん」みたいな返事が精一杯。

「つーかあの転校生、またガッコ来てねーのか」

　教室を見回し、喜多村トオルは「けっ」と毒づいて、

「次は勝負つけてやろうと思ってんのによ。顔も見せねーんじゃ何もできねーっての」

　どうかなあ。

　関わらない方がいいと思うけどな、アイツには。相性悪そうだしね、ジャンケンのグーとパーみたいに。どうひっくり返っても勝ち目なし。

「ああそれと」

　喜多村トオルが、ごそごそとポケットをまさぐる。

　何かを握って僕の前に差し出す。

　コインが数枚。金額にして五百円ぐらい。

「渡しとく。パシリのお金」

「……え？」

「え、じゃねーよ。パンとジュースを買うためにはお金が要るだろうが。幼稚園児か？

オメーの頭はよ」

いや、そうは言うけど。

これまでなかったじゃん、こういうの。

「あんまり現金のやり取りはしたくねーんだよ」

髪をわしわし掻《か》きながら、喜多村《きたむら》トオルはそっぽを向く。

「んでも考えてみたら、下手すりゃカツアゲになっちまうもんな、こういうのって。昨日だいぶ返したつもりだけど、足りてるかって言われたらわかんねーし。明朗会計ってやつか？　まあその方がいいのかもな。好きじゃねーんだけどよ」

ほれ、とコインを押しつけてくる。

「あ？　んだよ？」

喜多村トオルがしかめっ面をする。

「めちゃくちゃびっくりしました、みてーな顔してんじゃねーよ。そんなにおかしーことしてねーだろ、わたし」

まあ、ね。

確かにそうなのか。

僕の認識の方が間違っていた……のか？　もしれない？　ひょっとして？

このヤンキーがどういうヤツなのか、僕はちゃんと知ろうとはしなかった。

小学校で一緒だった時とはまるで変わってしまった、ウチのオカンに言わせれば幼なじみであるところの、同級生。

〝まるで変わってしまった〟という時点で思考停止し、以降は彼女に関する一切に興味をなくしてしまったことは、紛《まぎ》れもない事実。

変わってしまったのは、僕だって同じだというのに。

「じゃあな」

喜多村トオルがくるりと背を向ける。

「あ、あの」

とっさに呼び止めた僕に、彼女は怪訝《けげん》そうな顔を向ける。

「んだよ？」

「あ、あ、あのさ」

にらみ付けられながら、僕はどうにか言葉を探す。

「今日学校終わったあと、ヒマ？」

†

喜多村トオルはヒマだった。

放課後。僕らは昨日と同じゲーセンに足を運んでいる。

「今日はワリカンだぞコノヤロー」

古い時代の横スクロールアクションゲームにかじりつきながら、彼女は釘《くぎ》を刺す。

「わたしあんま金ねーんだから。今日はお前も出せよ？　オウ？」

「あ、うん。出すけど」

「まあ古いゲームやってれば割と長いこと粘れるから。調子がいい時はコンティニューなしでクリアできるから、ちょっとそこで見てろ」

こういう言い方は何だけど、僕は別にお金に困っちゃいない。

ウチの家じゃ上限なしでお小遣いをもらえるシステムになっているからだ。使用目的をプレゼンし、後で領収書かレシートを渡す、という条件は付くけれど。

「けっこー難しいんだよコレ」

レバガチャしながら喜多村《きたむら》トオルは言う。

「昔のゲームだから設定がシビアだしな。協力プレイはお金かかるし、逆に足手まといになる可能性もあるしよ」

解説しながら手慣れた様子でゲームを進めていく。

やり込んでいる様子がうかがえた。ゲーセンに毎日のように通い、ヒマを潰しているのかもしれなかった。

いろいろ訊《き》いてみたいことがあった。

「あのさ」

「んだよ？」

「喜多村って、なんでヤンキーになったの？」

「ぶほっ」

むせた。

けほ、こほ。咳《せ》き込《こ》みながらもレバーとボタンは根性で放さず、

「おま、ちょ。やめろよいきなり。びっくりすんだろが」

ん？

何が？

ちょっと考えてすぐ思い当たった。

ああそうか。昔の呼び方を使っていたかも、今。

喜多村、って呼んでたなあ昔は。言われてみれば懐かしい感じ。

「んなこと聞いてどーすんだよ」

「いや。なんとなく」

「別に難しい話じゃねーよ」

ふん、と鼻を鳴らして、

「よくある話。転校したガッコが荒れてててドロップアウトした。アウトしきれてなかったからはぐれモンだったけどな。ちょい田舎の方だったし、わたしみたいなヤツらは珍しくなかったよ。親も離婚したしさ」

「そっか」

「受験の時にちったあ勉強して、こっち戻ってきて、今のガッコに入ったけど。ヤンキーやってるヤツ誰もいねーし、こっち戻ってもはぐれモンのままだわ。……逆にわたしの方が訊《き》きてーよ。なんでお前、そんなショボくなってんの？」

「僕？」

「オメー以外に誰がいんだよ。昔はもうちょっとマシな性格してただろ？　それが根っからの陰キャみてーになってるし。わたしのことも無視するし」

「ああ。まあ」

「ああ。まあ。じゃねーよ」

脚を蹴られた。

「理由なんてないよ。大したものは」

蹴られたところをさすりながら僕は答える。

喜多村《きたむら》はゲームが上手《うま》い。ラリアットにパイルドライバー、派手な技がばんばん飛ぶ。

『けっこー難しい』と言ってたわりには進行がスムーズ。

「怖くなっちゃったんだよなあ、たぶん」

「怖くなったァ？　何がよ」

「世の中ぜんぶ」

「スケールでかいなオイ」

「でも本当なんだよ。小学校の時はクソガキでいられたし、好き勝手やってバカやってて
それなりに楽しかったと思うけど。急に気づくんだよ。なんていうか、壁みたいな、境目みたいな……世の中の複雑さと、自分との間にある、断絶みたいなものにさ。ある日いきなり、足元の地面が消えてなくなって、上も下も右も左もわからなくなって、なんにも見えなくなる、みたいな。そうなったらさ、目をつぶって亀みたいに丸くなって、やり過ごすしか、他になくない？　こういう気持ちわかる？」

「わかんねーよ。文学者かオメーは。小難しい言葉並べやがって」

ばし、ばし、ずどん。

中ボスにコンボが決まる。

ここまでほとんどパーフェクトなゲーム進行。

「まあぜんぜんわからん、ってこともねーけど。お前のは極端だろ」

「極端かな？」

「極端だよ。ほとんどみんな感じることじゃん、お前が感じてることは。たぶんだけど。

思春期なら普通。お前は他よりも感じすぎる、ってだけ」

「喜多村《きたむら》も感じてる？　そういう気分」

「さーな。知らねーよンなもん」

コンボをミスった。

たちまち劣勢、ゲームオーバー。

舌打ちして彼女はコンティニュー。すぐムキになるところは、そういえば昔から変わらないかも。けっこう動揺しやすいところも。

そしてたぶん、彼女は嘘《うそ》をついている。

〝わからない人〟は永久にわからないだろうし、〝わかる人〟は深いところまで実感できるはずだからだ。喜多村はたぶん後者。『さーな』なんて返答はありえない。

「変わった、って意味じゃ、そっちの方が変わったよ」

前のめりになるヤンキーの背中を見ながら僕は言う。

しかも彼女の場合、変わった理由は簡単に想像がつく。ウチと同じく、彼女の父親は、安定の国家公務員だった。何事もなければ人生わりと楽勝ムードだったはずで、だけど色々あったからこそ、こうしてレトロゲーばかり並べている場末のゲーセンで時間を潰している。髪を染めて、口の利き方もそれっぽく変えて。

わかっていることは、今さら『色々あった』ことを聞いても仕方ない、ということ。

『なんでヤンキーになったの？』

だなんて、我ながら間抜けだ。

『お前こそなんで陰キャになってんだよ』

と問われれば、ぼんやりとした答えしか返せないのに。

「あーくそ。調子でねーわ。おい行くぞ、場所変える」

ゲーセンを出た。

日が暮れるのが早い。街を吹き渡る風はやけに乾いていて、道行く人たちは心なしか、歩くスピードが速い気がする。

「つーかどういうつもりだよ今日は」

前を歩きながら喜多村は言う。

「お前から誘ってくるとかさ。わたしにずっとビビってたくせに」

「昨日のこと、訊《き》いていい？」

「……ンだよ昨日のことって」

「昨日のことって言ったら、昨日のことだよ。昨日のことぜんぶ」

「ゲーセンの話か。お前、シューティング下手だよな。もうちょっと練習しとかねーと、店にしたら美味《おい》しいカモだぞコラ」

「それはごめん。でもそうじゃなくて」

「ハンバーガーのことか？　お前、メシ食わなすぎなんだよ。昔は別にそこまで背ェ低いわけでもなかっただろうが。今日もちゃんと昼飯食ったか？　腹減ってるならそのへんのコンビニでパン買ってやろうか？」

「ありがとう。でも遠慮しとくよ」

「つーかお前、昔は野球もやってたはずだよな？　昨日のバッティングはなんだよアレ。完全にナマっちまってんじゃねーか。わたしの方がホームラン飛ばすってどういうこったよ？　鍛えとけよちゃんと、次までに」

「やれる範囲でがんばります」

「あ、ピザと寿司《すし》はマジでごちそーさま！　いやー、あんなウメー飯ひさびさに食ったわ。おばさんにガチでお礼言っといてな、お返しは何もできねーけどな！　あはは！」

「訊《き》きたいのはその後の話なんだけど」

「忘れろ」

ここだけ即答。こちらを振り返りさえしない。

僕は食い下がる。

「いや無理だけど。忘れるの」

「いや忘れろや。結局なんもなかっただろーが。水に流せよボケこら」

「でもさ」

「なんでそこだけしつけーんだよ。根性なしのヘタレのくせに」

「そうだけど、でも」

「忘れろ」

立ち止まった。

胸ぐらをつかまれた。

そのままそばにあった電信柱に、どんっ、と押しつけられる。

ガンをつけられる。

年季が入った睨《にら》みはそれなりの迫力がある。僕はそれなり程度の迫力でもすくみ上がってしまう。いちど吹いた臆病風は簡単には止《や》んでくれない。こっちだって陰キャに年季が入っているんだから。

「無理だよ」

それでも震える声を押し殺して言う。

「忘れるのは無理。訊かないのも無理。僕がどんだけチンケなやつでもそれはできない。なんでなの喜多村《きたむら》？　昨日はどうしてあんなことを？」

「――っ」

喜多村は僕を睨み付けたまま黙り込む。

意外なほど力が強い。身体《からだ》は細くてもよく食べてるからだろうか。僕は心底すくみ上がっているはずなのに、頭の片隅がなんだか冷静だ。染めた髪に隠れた喜多村《きたむら》の耳がひどく赤くなっているのがよく見える。眼光の鋭さとは裏腹に、ちょっと半泣きになっているのもまた、よく見える。

ふと違和感に気づく。

なんだろう？　なんか変だな。声が妙に遠いような、景色がやけに遠く感じられるような——周囲のあらゆるものが、やけに軽く、薄っぺらく感じられるような。ドットが落ちたような、とでも言えばいいんだろうか？　あるいは４Ｋのテレビ映像が、急にモノクロの映像に変わったみたいな。

「……へ、へ、へ、ヘンな夢を見るんだよ」

少しうつむきがちに彼女がつぶやく。

僕の心臓が、ずん、と心拍数をあげる。

「どんな夢かは説明できねー。なんせ覚えてねーんだから。でもおかしな夢だ。やけに生々しくて、目が覚めた後もすげー後を引くんだよ。夢を見た後は、自分が自分じゃないような気がする。妙な気持ちになって、自分で自分をコントロールできなくなる感じ」

「……その夢って、僕が出てくる夢？」

「お前が？　……あー。そうだ。お前だ。出てくるよジローが。そうだ、お前が出てくるんだな。なんで忘れてたんだろ？　ていうか、わたしの夢にお前が出てくることをなんでお前が知ってんだ？」

　ふたたびの違和感。

　僕を電信柱に押しつけたまま睨《にら》み付《つ》けてくる、喜多村トオルの瞳が。あやしい光を放っているような気がする。これは恍惚《こうこつ》？　それとも没入？　僕を見ているようで、まったく別のものを見ているみたい。トランス状態ってやつ？

「夢の中で、お前とわたしは悪くない関係なんだ。お前は今みたいなシケた野郎じゃねーし、わたしも今みたいにひねくれちゃいない。まあまあ普通に話して、普通につるんで、たまにはふたりで遊んだり、一緒に笑ったりして。パパとママは離婚してなくて、ママは毎日おやつを用意してくれて、わたしに酒を買いに行かせないし、わたしに手をあげたりもしない」

　天神《あまがみ》ユミリは言った。

　僕の夢は現実を浸食すると。

　僕の夢に登場する人物たちは、すべて現実に存在する人間たちで、僕が夢の中で現実をねじ曲げている影響は、もうすでに出始めていると。

「夢を見終わって目が覚めると、決まってわたしはおかしくなる。近ごろはいつもそうだ。自分が自分じゃないような気がして、自分をもうひとりの自分が後ろから眺めてるような、そんな気分になる。もうひとりの自分は、わたしの思い通りには動いてくれない。自分がするわけないようなことも平気でやる。わたしは自分がわからなくなる。どっちの自分が本当なのか。自分の思い通りには動かない、でも自分にはできないことをやっている自分の方が、よっぽど自分らしいんじゃないかって——いやむしろ、わたしはずっと夢を見続けてるんじゃないかって、そんな風に思えてくる」

みたびの違和感。

周りに誰もいない。

街の中心から少し離れた路地、それでもこの時間は人の姿がそこかしこにあるはずなのに、人っ子ひとりいない。気配さえない。

いや待った。

今はそもそも夜なのか、昼なのか？　月はどこだ？　太陽はいずこ？

ここは僕の知っている世界なのか？

と、次の瞬間。

景色がぐにゃりと曲がった——気がした。

「なあジロー」

声が上から降ってきた。

声がする方を僕は見上げた。

その場でへたり込みそうになった。

目の前にいたはずの喜多村《きたむら》トオルが、いない。

代わりに別のモノがいた。

いや、怪物だ。

それは少女のようであり、道化のようであり、匪賊《ひぞく》のようであり——夜会のために着飾った蝶《ちょう》のようであり、武装した蛮族のようでもあった。いろんな要素が複雑に組み合わさったグロテスクさがあり、そのくせ妙に心を揺さぶる美しさがあって、なおかつ僕の目と脳では理解しきれない、異次元の何かであるらしかった。

そして何はさておき、デカく、凶悪そうだった。

僕は肌で察した。理屈じゃない。目の前にいるこの何かは、確かに喜多村トオルで、それでいてとてもヤバい。

「わたしはさあ」

喜多村トオルらしきものが言った。

「たぶん昔、お前のことが好きだった」

僕は身体《からだ》がすくんだまま。

まさしくヘビに睨《にら》まれたカエル。何もできない。させてくれない。

「お前はわたしのこと、どう思ってる？」

——僕は根性なしのヘタレだ。

考えてることも、やることなすことすべても、ろくなもんじゃない。

女にモテたい。チヤホヤされたい。女から冷たい態度を取られることに耐えられない。いや、そもそも可愛《かわい》い女子が自分以外の男に関心を抱いてる時点で我慢がならない。それでいてそんな幼稚な自分を認めることもできない。そんな自分が屈辱的すぎて露悪的になることもできず、かといって自分自身への秘めたる自信を抱いているわけでもなく、負のスパイラルに陥ってどん詰まり、そこから抜け出すこともできなければ、抜け出そうとする意思も持てない。

それでも、だ。

「喜多村《きたむら》はさ」

一寸の虫にも五分の魂、というたとえがある。

武士は食わねど高楊枝《たかようじ》、というたとえもある。

「昔からいいやつだったと思う。明るかったし、あれこれ世話を焼くタイプだったし、周りにも気を使えるやつだった。家も遠くなかったし、親の仕事も近かったし、けっこうよく遊んでたよな僕らって。男と女で性別がちがうわりには仲が良かった。小学校の四年生ぐらいになるとあんまりつるまなくなったし、そっちが親の事情で転校して、それっきりになったけど。悪い印象は何もなかったよ。ホントに何ひとつ」

たぶん、もっと楽に世の中を渡っていく方法は、いくらでもあるはずだ。

でもな。だけどさ。

「でもそれだけだ」

そんな生き方ができてるなら、最初から苦労してないんだよ。

「喜多村にはそれ以上の気持ちは、何も持ってない」

嘘《うそ》をつくのは簡単だよ？

だけど思うんだ。いざ、こんな立場に自分が立たされてみると感じるんだ。

やせ我慢のひとつもできないんじゃ、生きてる意味なくないか？　ってさ。

陰キャにだって意地はあるんだよ。

好きじゃないものを好きだとは言えない。言わない。言いたくない。

たとえ彼女の本当の姿が、半端なヤンキーではない、もっと別の——たとえば僕がかつて知っていた、僕が再会を期待していたかもしれない、わりと普通の女の子のままだったとしても。そしていま目の前にいる、形容すらしがたい怪物の姿ではなかったとしても。

僕はここで首を縦には振らない。たぶん、何百回何千回と同じシチュエーションに立たされたとしても、答えは同じだ。

「だよなあ」

喜多村は笑った。

変わり果てた身体《からだ》の、どの箇所で、どんな風に笑ったのかはわからないけど。僕はありありと想像することができた。

自分で自分の頭をべしっと叩《たた》いて、苦笑いのような、泣き笑いのような、ごたまぜの顔をして、照れくさがっている姿を。僕は確かに見た気がしたんだ。

「まあフラれるよな。ぜんぜん真逆のことやってたもんな、わたし」

だけど、それは。

僕が思わず意地を通してしまったという、その事実は。

際どく保てていたかもしれない何かしらのバランスを、もろくも崩れ去らせるには、あまりにも十分すぎて。

「あーあ。つまんねーの」

喜多村《きたむら》は嘆いた。

笑いながら、絶望しながら、悲痛な声で訴えた。

「こんな世界、ぶっ壊れちまえばいいのに」

その途端。

風景がまた変容した。

ぐにゃりと曲がり、がりごり削れ、ビルディングが、アスファルトが、止まったままの信号や車が、その他のあらゆるものが、抽象的なオブジェに変貌していく。まるで出来損ないのピカソの絵画みたいに。

（――いやいや）

僕はそこで冷静になった。我に返った。

テンパってて深く考える余裕はなかったけど。ほとんど本能のままに、心の声がささやく通りにしゃべってしまったけど。

これ、ヤバくないか？

ここはたぶん、僕の知ってる街でもなければ世界でもなくて。

目の前には嘆きを吼《ほ》える怪物がいて。

逃げるアテはなく、怪物は自制を失いつつあるっぽくて。

「あ　あ　あ　嗚呼《ああ》　嗚呼ああああああ！」

狂気に染まりかけている喜多村が、腕らしきものを振りあげた。

腕、といっても丸太のような太さ。こんなものに吹き飛ばされたら木《こ》っ端微塵《ぱみじん》、原形を留《とど》めない肉塊になること必至。

本能で逃げようとした。

脚がすくんで動けなかった。

スローモーションで迫り来る怪物の腕。何でスローモーション？　あ、そうか、走馬燈《そうまとう》かこれ、と気づいた時には目の前に死を運ぶ塊がすぐそこまでうわやば死ぬ、

「そこで颯爽《さっそう》と登場だ」

次の瞬間。

視界がブレた。

同時にものすごい横Gが掛かった。内臓が口からはみ出そうになって、目に見えるあらゆるものがブラックアウト。

「ヒーローは遅れてやってくるもの。ま、ぼくはただのボランティアであって、ヒーローじゃないんだけど」

立ちくらみのように目がチカチカする。

声だけを頼りに状況を把握する。

「何がなんだかわかっていないだろうジローくんのために、ざっくり解説しよう」

どうやら僕を抱えて間一髪、危機を脱し、僕の前に仁王立ちして怪物に立ちはだかっているらしい、その人物は。

「ここは夢と現実、そのあわいの世界」

天神《あまがみ》ユミリ。

たぶん、この世でいちばん〝自在〟な女。

「君が持つ力の、明確な負の一面さ。言っただろう？　君の夢は現実を浸食すると。あた

かもウイルスのように悪夢の種をまき散らし、君の夢の世界——君が固有している特殊な領域で接触を持った相手に強い影響を及ぼしてしまう。現にほら、ちょっとだけ道を踏み外しただけの善良な女の子を、世界の危機たる怪物に変えてしまった」

天神《あまがみ》ユミリ、だと思う。

だけど僕の知っている彼女じゃなかった。

「ちなみに先ほどのジローくんが、現実世界における喜多村《きたむら》トオルとの関係性を気にとめない、自らの心の声に忠実な発言を連発していたのは、ここがそういう世界であるからさ。まるっと裸のままのイド、本能的な思考の影響を強く受ける場所なんだよ。つまりお世辞やらおべんちゃらが使いづらい世界、ということだね」

僕はまぶたを何度も瞬《しばたた》いた。

奇怪なマスクにマント姿のペスト医者、ではない。

黒髪に制服、正統派美少女な転校生の姿でもない。

「それにしてもひどいな君は。ぼくは言ったじゃないか、喜多村トオルを口説き落とすのがミッションだと。しかも絵に描いたような据え膳だというのに、君というやつは真逆のことをやってのけるんだから。ま、そういうところもカワイイんだけど」

ユミリが僕を振り返る。

僕は指をさして言う。

「え。何その格好」

「よくぞ聞いてくれた」

えっへん、と彼女は胸を張る。

「どうだい？　中々にキュートな姿だろう？」

彼女の出《い》で立《た》ちを説明しよう。

制服の上に白衣を羽織り、短いスカートから覗《のぞ》くのは堂々たる生足、手には巨大な刃物
――外科医が手術の際に使うメスを魔改造したような何かを、ぶらさげている。

まあ似合っている。

なるほどキュートでもある。

いやでも何この格好？　何のコスプレ？

「戦闘服さ。とっておきのね」

ユミリは得意げだ。

「ジローくんの力の影響が限定される、それでいて現実世界とは一線を画するここでならば、ぼくはこういう姿を取ることもできる」

「はあ」

「実を言うとぼくは苦々しく思っていたんだ。ペスト医者の姿をさんざんこき下ろしてくれた君をね、いつかぎゃふんと言わせてやろうと心に決めていたんだよ。……それでどう

だい？　この姿、気に入った？　惚《ほ》れ直した？」

「いやいや」

そんなこと言われても。

そんなこと言ってる場合じゃないだろ、としか。

「つれないなあ」

ため息。

「せっかく満を持しての登場だったのに。演出のやり方を間違えたかな？」

むすっ、とユミリはむくれた。

むしろそっちの仕草の方が可愛《かわい》くてドキリとさせられる。

「ま、そんなこと言ってる場合じゃないのは確かなんだけど」

ああああ

喜多村《きたむら》トオルだったものが雄叫《おたけ》びをあげる。

怒りと悲しみにまみれた、もはや獣のそれと変わりない意思表示。めちゃくちゃマズそうな雰囲気。大気が、いやこの空間が丸ごと、破滅の奈落へ一直線に墜《お》ちていくような。

「気をつけてね。油断すると魂ごともっていかれる」

ユミリが言って、巨大なメスを握り直した。

その横顔は不敵そのもの。何者も畏れず、何者も及ばず。

「さあ。治療《オペレーション》の始まりだ」

第五話

変な女と出会った。

そいつは天神《あまがみ》ユミリと名乗り、僕こと佐藤《さとう》ジローにつきまとうようになった。夜ごと見る夢の中に現れては僕を〝討伐〟し、それが叶《かな》わぬとみるや僕の恋人になると宣言し、夢だけでなく現実世界にまで現れたんだ。

しかもユミリは僕に四人の女の子を——氷川《ひかわ》アオイ、祥雲院《しょううんいん》ヨリコ、星野《ほしの》ミウ、喜多村《きたむら》トオル——を口説き落とせと言う。僕が持つ『特別な夢を見る力』を相殺し、世界を破滅から救う、それこそが事態を解決する近道であると。

ユミリに従って喜多村トオルと接触を持った結果、いま僕はわけのわからん場所にいる。ここではないどこか、夢と現実のあわいの世界、怪物と成り果てた喜多村トオルが創り出した閉鎖空間っぽいものに閉じ込められて、絶体絶命のピンチを迎えている。あとユミリがコスプレした。白衣をベースにしたコスチュームは確かに可愛《かわい》かったけど、絶体絶命のピンチを前にしてはあまりにもどうでもいい話だ。当人はご満悦のようだけど。

†

以上。ここまでのあらすじでした。

やけに淡々としてるって？　まさか。状況についていけなすぎて、思考回路がマヒしてるだけだよ。治療《オペレーション》を始めるなら、真っ先に僕の脳みそを対象にしてほしいぐらい。

「ジローくん」

ユミリが言う。

奇っ怪な化け物と成り果てた喜多村トオルと対峙《たいじ》し、どこぞのドラゴンスレイヤーみたいなエグいメスを構えつつ、

「ぼけっとしているヒマはないよ。さっさと逃げて」

「逃げるって……どこへ？」

返答はなかった。

代わりに飛んできたのは腕だった。

丸太ほどもある、植物の蔓《つる》のような腕が、世にも不吉なうなりをあげて、振りかぶられる、ものすごい勢いで飛んでくる。

大気が裂ける音。

直後、爆音を弾《はじ》けさせてアスファルトがド派手にえぐられる。

次の瞬間、僕は空中にいた。僕を抱えて舞い上がったのはユミリ。手近なビルの壁に脚を引っかけて、スパイダーマンよろしく重力に逆らってぶら下がり、

「とにかく逃げて」

重ねてユミリは言う。

「君を守りながら戦闘《オペ》を続けるのは、さすがに分が悪い」

「いやだから。どこに？」

「どこでもいいさ」

丸太蔓《まるたづる》が飛んでくる。

ユミリは蝶《ちょう》のように舞って華麗にかわし、ビルは真っ二つになるレベルで破壊され、僕の頭は身体《からだ》に何度も掛かるGのせいでくらくらする。全身の毛細血管が悲鳴をあげている。戦闘機のパイロットってホントに偉大だ。こんなのとても耐えられないです。

「とにかく逃げ回ることだ。でも遠くまで逃げるのはおすすめできない。この世界の構造は未知数だからね。ぼくらがいるこの近辺はそれなりにカタチを保っているようだけど、あわいの世界は不安定すぎてリスクを計算できない。ぼくの目と手が届く範囲でなるべく遠くへ逃げて」

それ、わりと無茶《むちゃ》な注文なのでは？

と文句を言うヒマもなかった。

今度はユミリが先手を取った。アスファルトの破片を巻き上げて跳躍、弾丸のように怪物へと突っ込んでいき、ドラゴンスレイヤーなメスを一閃《いっせん》。

ずごんっ。すごい音がした。

ミサイルでも食らったみたいに怪物の肉片が爆散する。

あ　あ　あ　あ　あ
悲鳴をあげる怪物＝喜多村《きたむら》トオル。

すげえ、と僕は素直に思う。さすがは一晩で世界一周してトラブルシューティングに駆け回る女。普通じゃないこの奇妙な空間においても、普通に彼女は強かった。

これなら逃げる必要もない？

ひょっとして瞬殺か？　コスプレ衣装のユミリ、ガチで神ってる？

……とはいかなかった。

爆散したはずの肉片が、謎の力で元へ戻っていく。まるで映像を逆再生したみたいに、あっという間に回復。あ　あ　あ　あ、どうやら怒りの咆哮《ほうこう》らしきものをあげて怪物は完全回復。僕はくちびるを引きつらせる。こういうの、映画とかゲームではよく見かけるシーンだけど。実際目の当たりにすると絶望感がハンパない。

ずどん。

どかん。

ユミリが追い打ちをかけた。

振るわれるドラゴンスレイヤー。一閃《いっせん》するごとに飛び散る肉片。

一見するとユミリが優勢、だけど丸太蔓《まるたづる》が絶え間なく振るわれて、決定打を与えるには至ってない感じ。あれじゃ簡単には近づけないよな。ヒットアンドアウェイ的な戦い方になるのはやむを得ないか。

ていうか。なんかあの怪物、デカくなってる？

削られて再生するたびに、サイズ感がどんどん増していってるような。気のせいかと思ったけど気のせいじゃない。この空間の周囲にはビルが林立しているから比較の対象には事欠かない。明らかに体積が増えている。いわゆる増殖？　まるで野放図に自らを肥大化させるガン細胞みたいな、グロテスクな成長、あるいは奇形化。よく見れば、ぶんぶん振るわれている丸太蔓が何本も増えている。増えるたびにユミリの動きが鈍る。攻撃に時間を割けず、防戦に回り、怪物本体に振るわれていたドラゴンスレイヤーは増え続ける触手をなぎ払うのに使われ始める。

僕は逃げた。

それ以外の選択肢がなかった。その場にとどまっていたら巻き込まれるのは明らかだったし、どう考えても僕は足手まといだ。

いやでもどこに逃げる？

見慣れた街のようでいてどこでもない、このあわいの世界とやら。距離を取ったところでリスクが軽減できないなら、どこにいても一緒では？

『とにかく逃げ回って』

声が聞こえた。

空耳ではない。かといって、鼓膜を直《じか》に震わせる音でもない。

『心の中に直接話しかけている、というやつさ』

――ユミリか？

走りながら僕は振り返る。

巨大な怪物と大立ち回りを演じているボランティアヒーローが、ずいぶん遠くに小さく見える。

『君のミッションはとにかく生き延びること、そして時間を稼ぐこと』

ユミリらしき声が言う。

僕は足を止めることなく必死で聞く。

『現在の喜多村《きたむら》トオルについて説明する。彼女はジローくんというウイルスに感染して、その患部が異常に増殖した状態だ。適切な外科手術を施せば寛解《かんかい》させられる』

あのバトルは外科手術なのか。

なるほど時間稼ぎは必要だ。必要なのはそれだけ、ってのもわかる。

でもそれ、悪く言えば丸投げってことだよな？

『ぼくも手一杯なんだ。時間が経《た》てば経つほど、喜多村《きたむら》トオルはやっかいな存在になっていくことが予想される。こうしてテレパシーみたいなものを飛ばすのもすぐに難しくなるだろう。とにかくベストを尽くすしかない。こういった極限の状況では、いつだってやれることは限られるものさ。以上、通信おわり』

さいですか。

どのみち僕にできることはひとつ、ひたすら逃げ回るしかない。

せっかくリクエストもされてることだし、せめて逃げ足でこの状況に貢献を、

「――っ⁉」

立ち止まった。

というか立ち止まらされた。目の前に立ち塞がってるヤツがいたから。

喜多村トオル。

「なあジロー」

その喜多村トオルは言った。

「お前がわたしのモノになるのと、世界が滅びるの。どっちがいい？」

どばっ、と冷や汗が噴き上がる。

ど、どこから出てきたコイツ？　ユミリが戦ってる相手って、変わり果てた喜多村トオル、

だったはずだよな？

「……えーと」

僕は口ごもる。

よく見ると、というかよく見るまでもなく、この喜多村トオルは普通じゃなかった。

全身が灰色だ。

絵の具を固めて作ったみたいな、精巧だけど明らかに本物ではないとわかる、よくできた彫刻のような姿。それでいてある種の軟体動物みたいに、ゆらゆらと動いて不定形で、ひどく心許《こころもと》なく、見てると不安な気持ちになる。

「世界が滅びるってどういうことなんだ？」

「…………」

「喜多村が滅ぼすのか？　今ここにある世界を全部ぶっ壊せば、世界は滅びてしまうってことなのか？」

「…………」

「そうなればお前の望みは叶《かな》うのか？」

「…………」

返事がない。

返事、というよりレスポンスがない。

瞳から意思の光を感じられない。まるで単純な入力に反応するロボットみたい。

たぶん、だけど。推測にすぎないけど。目の前にいるコレは、ユミリが対峙《たいじ》している、巨大で不気味でどこか美しい怪物の、一種の端末？　もしくは分身？　みたいなものなんじゃないか。だからこんなに反応が鈍い？　本体ではないから簡単なプログラムしか実行できない？

「なあジロー」

灰色の喜多村《きたむら》トオルがふたたび言う。

「お前がわたしのモノになるのと、世界が滅びるの。どっちがいい？」

にゅるり。

にゅるり。

にゅるり。

気づいた時にはもう手遅れだった。

僕はすっかり囲まれていた。続々と生えて出てきた喜多村トオルにだ。灰色の喜多村が正面に一体、左右に一体ずつ、後ろにも一体。いやそうこうして数を数えている間にも、さらに一体、二体、三体と。

時間を稼げ、か。くそ。

これ、どうみても逃げられそうな状況じゃないな。

ひょっとして僕、けっこうな無理難題をやらされてる？

「話し合おう」

僕は言った。

「何が望みなんだ喜多村。言ってくれ。なるべくなんとかする。いや、したい」

「…………」

灰色の喜多村は首をかしげた。

一斉にだ。十体あまりの動く流体彫刻が、僕の問いかけを噛《か》みしめるように、一糸乱れぬ同期っぷりで。なんかもう、おしっこちびりそうなくらいホラーなんだが。その光景だけでも心が折れそう。

それでも反応はあった。だったら交渉の余地はある。というかあってくれ。交渉ぐらいしか僕にできることはないんだから。

「えっちしてくれる？」

十体あまりの喜多村が、サラウンドスピーカーのように口を揃《そろ》えて言った。

ずっこけるかと思った。こんなシリアスな状況じゃなければ、確実にコントだ。

いやいや。

無表情なプログラムっぽいアナタから言われても。返答に困るよこっちは。

冷や汗を脂汗に変えながら僕は考える。

考えて慎重に言葉を選ぶ。

「できる」

うなずく。

「できるかできないかで言ったら、できる」

「ほんとう？」

「できる。むしろ余裕でやれる。こじらせ陰キャなめんなよ。頭の中は性欲以外なにもないんだよ。楽勝だ。命賭けてもいい」

「でも、ジローはしてくれなかった」

「お前がウチに押しかけてきた時の話か？　いや無茶《むちゃ》言うなよ。種馬じゃないんだぞこっちは。はい今ここでどうぞ、って言われたって、いきなり絞り出せるものじゃないんだよ。ちなみに今の状況だってそうな？　いきなり言われたって無理。どんだけこじらせ陰キャでもさすがに無理」

だよね？

僕、間違ったこと言ってないよね？

いくらなんでも無理だと思うんだけどなあ。え、そうでもない？

「ていうかさ」

話を別の方に向ける。

「お前はそれでいいのか喜多村《きたむら》。わけのわからん状況で、相手の同意があるわけでもなくて、それで抱くとか抱かれないとか言い出して。それで本当に満足か？　それって本当にお前が望んでたことなのか？」

「………………」

「しかもさ、お前さ、ぜんぜん楽しそうじゃなかったよな？　もちろん嬉《うれ》しそうでもなかった。ていうか、何かずっと苦しそうだった気がする。何ていうかホラ、お前が僕ん家《ち》に来て、あれこれやりたい放題やっていった昨日の話な？　それってさ、やっぱいいことじゃない気がするんだよ。昨日は何もなかったけど、もし何かあったとして、それでお前は本当に良かったのか？　僕にはわからんよ。ぜんぜんわからん」

「………………」

「お前が何を考えてて、お前の人生に何があったのか、僕は知らない。興味もなかったから訊《き》かなかった。いや、それはちょっと違うか……目を背けてたのか、もしれない。怖かったんだろうな、なんか。昔のお前と今のお前がぜんぜん変わってたことも、昔の僕と今の僕がぜんぜん変わってることも。触れたくないんだよ。もちろん認めたくもない。そういうのって、僕らのやりたいこととか希望とか、そういうのとまったく関係なくてさ、割と勝手に変わっていくことでさ……あーもー、何言ってんだかわかんなくなってきた」

「どっちにしたって」

喜多村《きたむら》トオルは言った。

淡々と、まるで機械みたいに。

「ジローはわたしの気持ちには応えてくれない」

「いやまあそうかもだけどさ！　それはそうかもなんだけど、僕はそういう話をしてるんじゃなくてグエッ！」

一瞬の出来事だった。

蔓《つる》のようなものが、怪物の巨大な丸太蔓とはまた別の、細くてしなやかなやつが、ぶわっと。クジャクの羽みたいに喜多村トオルの背中から生えたと思うや、僕の全身をあっという間に搦《から》め捕《と》った。

高々と掲げられた。

ぎゅうっ、と締め付けられた。

骨が折れた気がする。内臓がはみ出ちゃったかも。

「わかってる。わたしは別に不幸じゃない」

意識が飛びそうになる。

いやもう飛んでるのかな？

自分で自分を把握しきれないというか。確かな輪郭があったはずの自己が、急に子供の落書きみたいにぐねってゆがんで。

「ぜんぜん恵まれてる。パパに捨てられてからママはおかしくなっちゃって、楽な生活じゃないけど、ごはんが食べれないわけじゃないし、たまに殴られるぐらいで命の危険があるわけでもない。スネたりグレたりツッパったりする余裕もある。でも」

でもぜんぜん痛みとかないのね。

そういう次元を突き抜けちゃってるのか。これって本気でヤバそう。

「でもこの気持ちはどうにもならない。何もかもめちゃくちゃにしたいって気持ちは。怒りなのか悲しみなのか身勝手なのか知らない。ただそうしたいって気持ちだけがあって、抑えられないの。もう無理なの何もかもぜんぶ」

それでも僕は。

力を振り絞って、言った。

「わからないよ喜多村。僕にはお前の言ってることがわからない。僕はお前に寄り添ってやれない。お前のことは別に嫌いじゃないんだ。ヤンキーになったお前にパシられるのは死ぬほどむかつくし、いつかわからせてやろうと思ってたけど、でもそれはこういう形でじゃないんだ」

いいよね、朦朧《もうろう》って。

なーんも考えなくて済むもの。

思ってることをそのまま口にするだけで足りるんだもの。

ホント気楽だ。言いたいことがあっても反射的に萎縮しちゃって、亀みたいに丸まってるしかなかったあのころとは、僕、大違い。

「もう一度いうぞ喜多村《きたむら》」

気を使う必要ないもんね。相手がどのくらい傷つくか、傷つけたことでどんな風に自分が傷つけ返されるか、そんなこと考えなくて済むもんね。

だから僕は言っちゃうよ。

だって死にかけてるんだもん。こんな時ぐらい駆け引きなしでやりたいようにやらせてくれ。言わせてくれ。

ラリってる陰キャにできる、それが唯一のことだから。

「喜多村。僕は、お前とは、付き合えない」

僕は告げた。

「だよなあ」

喜多村は受け入れた。

能面みたいに無表情だった彼女が、何か吹っ切れたように笑った。

あ、マジで死ぬな。僕は直感した。

走馬燈《そうまとう》は見なかった。後悔もなければ満足もなかった。

佐藤《さとう》ジローは何もなさぬまま、何だか訳のわからないことに巻き込まれたまま、何らの解決も見ることなく、なす術《すべ》なくこの世から消える。

ずどん。


その時だった。

大きな衝撃があった。気がする。

繰り返すけど僕はとっくにラリっている。

目に映る光景、頭の中に描き出される現実はすべて、無限に描き込まれた曼荼羅《まんだら》のようであり、これはたぶん脳内物質的なやつの分泌がおかしくなってる影響なんだろうけど、あらゆることを正しく判断できない。

なので僕は、僕が見たと思《おぼ》しき光景、聞いたと思われる声を、なるべくそのままお伝えしようと思う。整合性とかはあまり考えないでくれ。

ユミリがすっ飛んできた。

喜多村が迎撃した。

喜多村は、ほんの刹那のうちに巨大化し、複雑化し、さらに分裂までした。その光景は、人跡未踏のジャングルの奥で咲き誇る、ラフレシアの群生を連想させた。つまりエグくて美しくて絶対にヤバそう。

ユミリはお構いなしに突っ込んでドラゴンスレイヤーを振るった。

喜多村《きたむら》が激しく応戦した。

結果。僕は救出された。ユミリはダメージを負った。喜多村もダメージを負ったけど、その傷は見る間に回復した。

「まずいね」

ユミリは言った。片腕で僕を抱きかかえながら。

「ちょっと見通しが甘かったか。やむを得ないとはいえ相手の、それも未知の領域で治療を施すのは無理があった。砲弾が飛び交う戦場で、難易度の高い手術に挑むようなものだからね」

片腕で僕を抱きかかえているのは、もう片方の腕が失われているからだ。

苦笑する顔も、右半分が吹き飛びかけている。打撲とか切り傷なんかは数えるのも馬鹿らしくなるほどで、左脚は不自然な形に折れ曲がっている。そしてどてっ腹の真ん中には大きな穴まで開いている。

つまり満身創痍《まんしんそうい》だった。

一瞬の攻防でユミリはひどいダメージを負った。

致命傷だ。生身の人間がこの見た目をしたら、100パーセントの人が救急車を呼ぶだろうし、呼びながらも呼ぶだけ無駄だと心の中で思うだろう。

「落ち着いてくれジローくん」

ああ。

あんなに自在を誇っていたコイツが。

こんな、見る影もなく。無邪気な子供の好奇心で翅《はね》と手足をもがれ、美しい蝶《ちょう》が地を這《は》う芋虫に堕《お》とされたみたいに。

「君が見ているのは現実のぼくじゃない」

僕の前に嵐のように現れて、嵐のように好き勝手やって、いつだって何でも知ってるような顔をして。

基本的に上から目線で、それでいて威張り散らすところがなくて、自然体で、やりたいようにやって、巻き込まれる側のことは頓着しなくて。

「現実の世界とこのあわいの世界はイコールじゃないんだ」

自信満々で、圧倒的に面《ツラ》が良くて、胸がでかくて足が長くて、そのくせすらりとしてて、存在自体が奇跡みたいで、ミニスカ白衣のコスプレしてドヤ顔するところがあったり、ほんの少しだけ嫉妬深くてプライドが高かったり。

「君が夜な夜な展開する固有のフィールドと似たようなものなんだ。緊密に関連づいてはいるけど、そのまま鏡映しではないんだ」

そう。

繰り返すけど、いみじくも当人が自称するとおり、自在だったのだ。

天神《あまがみ》ユミリという少女は。高々と天を舞うべき鷹《たか》であり、羽をもがれて地を這《は》うようなことがあってはならない、孤高の存在であるべきだったんだ。

「つまりぼくはまだ死なない。まだ終わっちゃいないんだよ」

誰のせいで？

僕のせいで。

「君を助けるために多少の無茶《むちゃ》はしたけど、それも想定の範囲内なんだ。まあ、ここまでこっぴどくやられるのはぼくのミスだけど……ああもう、参ったな」

僕のせいでユミリはこうなった。

僕のせいで彼女は傷つき、汚された。

「君という人間はやたらひねくれて拗《す》ねているくせに、根っこのところでヒロイックで、妙に男気がある面倒なタイプなのはわかっていたんだよ。喜多村《きたむら》トオルを口説き落としてほしいと言ってるのに、けっきょく真逆の言動を取ってるし」

僕はひそかに憧れていたし、尊敬もしていたんだ。

天神ユミリという存在は、それに足るだけのヒーローだったんだ、僕にとって。

「ヘマを踏んだ。こうならないように立ち回っていたのに。これじゃあ寝た子を起こし、い、いい、しまう」

その時の僕が感じていたのは、たとえば怒りであり、絶望であり、焦りであり、義務感であり、あるいは使命感のようなものだった。

こんなんじゃいけない。

このままじゃいけない。

何があろうとこの状況は打開されなきゃいけない。

脳内物質の絵筆が描き出す曼荼羅《まんだら》の中で、僕は必死にもがき、絶えず僕を翻弄《ほんろう》する濁流に身を置きながら、どうにかして縋《すが》れる藁《わら》を探そうとした。それは瞬《まばた》きひとつのわずかな時間だったかもしれないし、あるいは人類が文明を興して今日に至るまでの年月と同じくらいの時間だったかもしれない。

どちらでもいい。僕はひとつのことに気づいた。

いま僕たちがいるこの場所は、現実とは別の、あわいの世界。

喜多村トオルが創り出した世界。

一方で僕は、自分の夢の中で、自分の世界を創り出すことができる。自分の世界で自分の好き勝手な夢を見て悦に入ることができるようになった、そもそも事の発端はそういうことだったんだ。

これってさ。

もしかして、このふたつって同じことだったりする？

ユミリは言った。僕の夢の世界に侵入する際は、ペスト医者の姿格好を必要とする、それはいわば自分を守るための防護服だと。

今この場所でユミリは、ミニスカ白衣のコスプレをしている。ただの趣味かとも思ったけど、生き死にの掛かっている戦いで伊達《だて》や酔狂な格好はしないだろう。戦闘服だ、とも言っていた。でもそれは逆に言えば防護服が必要ない場所だ、ってことにもならないか？

朦朧《もうろう》とする意識の中で、僕は、僕の中の何かが、ゆっくりと、それでいて急速にふくらみ、弾《はじ》けそうになっていくのを感じていた。あたかもそれは、ある種の菌類が胞子をぱんぱんに溜《た》め込《こ》み、一気に爆《は》ぜてまき散らす様のようでもあった。

僕の中でいろんなものが繋《つな》がった。

朦朧《もうろう》としているくせにシナプスが全力稼働。

これって、いわゆる悟り、ってやつなんじゃないかなあ？

——そう気づいた瞬間。

喜多村《きたむら》トオルが轟音《ごうおん》とともに吹っ飛んだ。

美しく奇っ怪な怪物に姿を変え、天神《あまがみ》ユミリを苦戦させ、彼女に致命的な傷を負わせた、あの喜多村トオルが、軽々と、だ。

吹き飛ばしたのは僕。

僕の腕はウロコに覆われていた。指に鋭いかぎ爪が生えていた。

縮尺がおかしかった。巨大な怪物に変化していたはずの喜多村トオルが、ずいぶんとちっぽけな存在に見えた。どこまでも単調に続く、あわいの世界の果てがハッキリと見渡せた。僕はまるで、スカイツリーとか富士山とかのてっぺんに立っているみたいな、そんな錯覚を感じていた。

凶悪なドラゴンだろうと、悪辣なデーモンだろうと、自分を好きな姿に変えることができる。そう言ったのは他ならぬ僕自身だ。

朦朧の悟りの中で知覚する、全能感とか万能感とかの奔流。

快楽と、それと量を等しくする怒りと苛立《いらだ》ちが、僕のすべてだった。

僕という存在を隅から隅まで占めているのは、この世界を跡形もなく消し去ってしまいたいという、抗《あらが》いがたい欲求だった。

「ああ」

どこからか声が聞こえた。

「気づいてしまったね、ジローくん」

僕の意識はそこで途切れた。

†

その後のことはよく覚えていない。

ふたたび意識を取り戻した時、僕は街にいた。

見慣れた街。ぴかぴかのネオン。排ガスとホコリのにおい。行き交う人たち。

一炊の夢、ってやつだ。

見慣れた街に瓜二《うりふた》つで、そのくせ生気のない書き割りみたいだった、あわいの世界は。

もはや跡形もなく、その気配すらない。

ユミリはいない。

喜多村《きたむら》もいない。

僕の肩から生えているのは、いかにも運動してなさそうな生《なま》っ白《ちろ》い細腕だ。

呆然《ぼうぜん》と突っ立っている僕の背中に誰かがぶつかり、チッ、と舌打ちをした。

まさしく夢でも見ていたみたいだった。僕はぼんやり歩き出した。電車に乗って家に帰り、シャワーを浴び、誰もいないリビングでカップ焼きそばを口に詰め込み、そのまま泥のように眠りについた。夢は見なかった。


翌朝。

僕は学校に行った。

教室にはまだ誰もいなかった。疲れているくせに早く目が覚めてしまったせいだ。

グラウンドで朝練をやっている、野球部とサッカー部の、威勢の良い掛け声が、何重にもフィルターをかけたみたいに薄っぺらく聞こえてくる。

「よう」

声を掛けられた。

声の方を向いた。

教室の入り口に立っていたのは喜多村トオルだった。

「あ、うん」

僕は答えた。

喜多村がこちらに近づいてきた。

僕は緊張する。背筋がぎゅっと強《こわ》ばる。心拍のリズムが狂う。

「あー」

喜多村が間を取る。

窓の外に目をやる。ほっぺたのあたりを指でひっかく。

「なんか変なこと訊《き》くけどよ」

「うん」

「昨日のこと、覚えてっか？」

「どのへんの話？」

「いや昨日さ。オメーに誘われてゲーセン行ったよな？」

「行った」

「だよな。行ったよな。その後だよ。わたしとお前、なんかしたっけ？」

「あー……何かしたっけ？」

「いやそれを訊いてんだよ。なんかイマイチ思い出せねーんだよ。わたしら酒でも飲んでたんか？」

「いや。飲んでないと思うけど」

「だよな？　つかジロー、お前は覚えてねーの？」

「うん。実は僕もあんまり覚えてない」

「んあー、なんだってんだ……ちょっとしたミステリーじゃねえか。宇宙人にでも拉致されたんか？　訳わかんんね」

僕もだよ、と心の中で同意する。

昨日のこと。どこまでが現実で、どこまでが夢だったのか、境目がわからない。自由に夢を見られるようになった立場なのに、ちゃんちゃらおかしな話だ。

そしてどうやら喜多村《きたむら》は、僕以上に昨日の記憶がないらしい。僕よりも我を失うのが早かったはずだから、それも当然なのかもしれない。それだけ昨日の出来事は、現実離れした、だけど夢と呼ぶには生々しすぎる、そんな現象だったんだろう。

「なあ」

喜多村が話を変える。

「昔の話、していいか？」

「昔の話って？」

「小学生ん時のだよ。お前はたぶん覚えてねーんだろーけどさ。わたしが転校するちょっと前の話な」

僕は困惑する。

喜多村は構わず続ける。

「四年生の時だ。夏休みが終わったばかりだったと思う。そん時はもうオヤジとオフクロの仲が悪くてさ。でもまだ周りは誰も知らんかった。どっちの親も見栄《みえ》っ張《ぱ》りの良い格好しいだったし、上手《うま》く隠してたんだよ。同じクラスの連中も、学校の先生も、ご近所の人らも……もちろんジロー、おめーも知らなかったと思う。知らなかったよな？　もし知ってたんなら拍手してやるけど」

「知らなかったよ。全然」

「だよな。わたしもすげー隠してたしな。そういうのが表に出るとヤバそうだ、ってこと、肌で感じてたしさ。オヤジにもオフクロにもぜったい殴られそうだったし、そもそも付き合いのあるヤツらに絶対知られたくないことだったもん。自分の家族がダメになりそうな話なんて、誰かに知られるぐらいなら死んだ方がマシだ、ぐらいに思ってたわ。そん時のわたしはまだお嬢だったし」

ぜっほ、ぜっほ、えーっ、ぜっほ、ぜっほ。

ランニングの掛け声。数十人からなる運動部員たちの、ざっくざっくざっく、という、スパイクが地面を蹴る足音。リズミカル。単調。メトロノームみたいな。

「それで家出したんだ。ふと思い立ってさ。何もかも嫌になって、色んなものがぷっつり切れて、それで家を飛び出した、みたいな感じ。相当参ってたんだよ実は。だんだん進んでいく環境の変化ってやつに耐えられなかった。甘ちゃんだったしな、正直。でもしょうがないよな？　そのころは今よりもガキだったし、もっと繊細だったし、ぜんぜん世間も知らなかったしさ。なんでわたしだけがこんな目にあうんだー、みたいなこと考えながら毎日カメみたいに縮こまってるとさ、簡単におかしくなっちまうんだぜ、人間って。お前にはわからんかもだけど」

「いや。わかるよ」

「だよな。お前もドロップアウトしちまった側だもんな」

開け放たれた窓から入ってくる、涼しいと肌寒いの間ぐらいの風。

空気がひどく澄んでいる。まるでコップに注いだばかりのソーダ水のように。

「そんなわけで家出したんだけど、なんせガキのやることだし、計画性なんてあるわけねーよな。仮病つかって学校に連絡入れて、タオルとか着替えとかをリュックに詰め込んで、有り金かき集めて電車に乗った。やれたのはせいぜいそのへんまでだ。どこに行ったらいいのかもわかんねーし、どう行ったらいいのかもわかんねー。周りは知らない大人ばっかりで、みんな変な目で見てくるし、変態っぽいジジイが声かけてくるし、チビるぐらいビビったわたしはいつもよりもっとカメみたいになって、この世から消えちまいそうな気持ちになって、同じ電車に乗ってぐるぐる同じところを回りながら頭を抱えてた。子供ながらに思ったね、このぐるぐる回ってる状況は今のわたしそのものだって。ハンパなかったなあ。あの、どうにもならないどん詰まり感。泣き出さないようにするだけで精一杯だったな、マジで」

ぜっほ、ぜっほ。

ぜっほ、ぜっほ。

掛け声を遠く耳にしながら、僕は妙な気分だった。

誰もいない教室で、僕と喜多村《きたむら》がふたりだけで話している。

ほんのつい先日まで、パシりパシられるだけの、ちょっとだけ旧知の間柄、っていうだけの関係だったのに。この数日だけで、一体どれほど多くの出来事が起きたか。

あわいの世界を思い出した。まるであの、無機質で灰色な世界にいるみたいだ。確かな現実なのに現実味がない。

「気づいたらわたしは公園にいた。お前ん家《ち》の近所にある、ゾウだかカバだかの不細工な遊具があるところ。今はもうなくなっちまったんだっけ？　まあとにかくそこだよ、小汚《こぎたね》ぇあの公園な。あのカバの口ん中で座ってたんだよわたし。慣れない家出で神経が参ってたんだろな。ただでさえメンタル弱かった時に、自分で自分を痛めつけちまったんだと思う……んで、ちょっとハッキリ覚えてないんだけどさ、わたしはたぶんウトウトしてた。ハッと気づいたらお前が隣にいた。覚えてるか？」

「僕が？」

「お前がだよ」

「喜多村の隣に？」

「だからそうだっつってんじゃん」

僕は一度、二度、目を瞬《しばたた》いた。

少し考えてから言った。

「覚えてないけど」

「だよな。そう言うと思ったよ」

　喜多村は笑って、

「わたしは死ぬほどびっくりした。近所にあるって言ってもそこそこ遠い場所にある公園だったしさ。それに夜になると不良のたまり場になるってウワサもあって、そうそう気軽には行けない公園だったんだよ。わたしは本当に行くところがなくて、困って、困り果てて、それで無意識にそこに足が向いたんだと思う。それはまあ、なんとなく自分の中では理解できる。そういうこともなくはないか、ってさ。でもお前がいきなり現れたのはマジでビビった。わたしの目線からしたら、ホントに唐突だったからさ。タイムスリップとかワープとか、そんなんしてきたのかと思った」

　誰かさんを思い出す。

　天神《あまがみ》ユミリ。唐突といえばあいつだ。神出鬼没の代名詞。

「明らかに訳ありだよな、こっちはさ。学校休んで、普段は行かない公園にいて、でっかいリュックまで背負ってる。しかもたぶんだけど、ジローはわたしのそばに、それなりの長い時間いたはずなんだ。わたしは疲れ果てて眠ってたから、すぐには気づかなかっただろうし。……わたしの想像、間違ってる?」

「どうだろ。覚えてない」

「最初に何言ったか覚えてる？　目を覚ましてお前がいるのを見つけて、死ぬほどびっくりしてるわたしに、お前が何て言ったか」

「いや。覚えてない」

「缶蹴りやろうぜ」

喜多村《きたむら》が肩を震わせた。

うつむきがちだったから確信はないけど、まあ笑ったんだろうな、と思う。

「……だとさ。いやいや缶蹴りはねーだろ。レトロすぎる。わたしらの両親の世代だって、やってたかどうかあやしい遊びだよ、いにしえのやつだよ。わたしはぽかんとして、それでもお前の勢いに引っ張られて、その公園で缶蹴りをやったんだよ。まずは空き缶を探すところからして大変だったんだよな。ていうか何か訊《き》けよ。ぜったい家出してるっぽかっただろ、わたし。他に何か言うことあるだろ普通」

言いながら喜多村はウケている。

「ふたりだけで缶蹴りってのも妙ちきりんだけどさ、けっこう盛り上がったんだよそん時。渡りに船、ってやつだったな、わたしにとっては。どん詰まりになってる時は、やっぱ気晴らししなきゃだよな。でもひとりじゃ無理だ。ひとりじゃ何にもできないくらい、エネルギーがすっからかんになってんだから。んで、ひとしきり遊んで、わたしらは普通に帰った。家にもどってからわたしはやっと泣いた。ぎゃんぎゃん泣いた。その何日か後ぐらいには、わたしはママに連れられて家を出て、学校も、それまで住んでた街も、それっきりになった……つーかホントに覚えてねーの？　あんなにウケるシチュエーションだったのに」

「そこまで言われると、覚えてないのがもったいない気がしてくる」

「そーだよ。もったいねーよ覚えてねーのは。せっかくそれで好きになったのに」

「僕を？」

「お前を」

うなずく喜多村。

なんか自然体だなと思った。怒ってるわけでも焦ってるわけでもない、微笑と呼べるかどうかギリギリぐらいの表情を浮かべて、肩肘張らず、等身大っぽく。そんな喜多村を見るのはたぶん、初めてだったと思う。現在はもちろん、過去を含めても。

「まあその前から好きだったけどな。でもあれが決定的だったなあ……いや、だからどうしたと言われたら、いえそれ以上は特にありません、って感じなんだけど。とにかくわたしにとってはそういうことだったんだよ」

「うん」

「というわけでわたしさ、お前のこと好きだわ」

「うん。でもごめん」

「だよな」

ハハッ、と喜多村《きたむら》はうつむいて、すぐに顔を上げて、一歩前に出た。

僕にキスをした。

一瞬の出来事だった。

ぜっほ、ぜっほ、ぜっほ。

オラ一年ボケッとしてんじゃねーぞコラ！　オーッス！

「ぶぁーか」

喜多村が白い歯をむいた。

八重歯がちょっとのぞいていた。笑ってるけど顔は真っ赤だった。

「そう簡単に断れるとか思ってんのかボケ。嫌なら転校でもしろや、ばーかばーか」

ぜっほ、ぜっほ、ぜっほ、ぜっほ。

ランニングの声は続いている。

涼しいと肌寒いの間くらいの風が吹いて、教室のカーテンをふわふわ揺らしている。

†

『それはびっくり』

通話越しの声は、けっこう本気でおどろいてるようだった。

ぜっほ、ぜっほ、ぜっほ。

朝練のランニングの声はまだ続いている。

喜多村《きたむら》がそそくさと教室を出て行って、クラスメイトがひとりふたりと姿を現したころだった。滅多《めった》に鳴らない僕のスマホに着信があったのは。

『いいじゃないか喜多村トオル。嫌いじゃないよ、ぼく。そういうの』

生徒たちの行き来が増え始めた朝の学校。

僕は目立たないよう廊下に移動して、声をひそめながら通話している。

相手は言うまでもないだろう。こんな神がかったタイミングでスマホを鳴らせるヤツは、自分で自分を自在だと自称するアイツしかいない。

『ともあれおめでとうジローくん。どうやらこれにて最初のミッションは成功、という運びになりそうだ。良《よ》し悪《あ》しはどうあれひとつの結末を迎えたことで、喜多村トオルの抱えていた病は寛解《かんかい》したとぼくは判断する。まったく想定してない形ではあるけどね』

「いや。ていうかさ」

『ちなみにもう少しくわしく話してもらえるかい？　他でもない、喜多村トオルとのやり取りの話さ。結論は出ているけれどきちんと検証したいからね。俗に言うところのカルテってやつを残しておきたいんだ』

「いやいやその前に。ユミリおまえ大丈夫なのか？」

　事のあらましを説明した僕は、逆に説明を求める。

「昨日のおまえ死にかけてたよな？　あれって現実じゃないかもしれないけど、まったく現実とは別の出来事ってわけでもないよな？」

『心配してくれてありがとう。大丈夫だよ、ぼくは死んでないし、これからも死なない。ただし大きなダメージは受けたから、しばらくは回復に専念するけどね。残念ながら学校はお休みだ。いやはや、せっかく君と同じ学校に転校したというのに、ちっとも満喫できないな、スクールライフってやつをさ』

「余裕あるじゃん」

『ないよ。昨日のぼくは本当にピンチだったさ。誰かさんがぼくの指示にちっとも従ってくれないからね。想定外のことばかりで、こっちは踏んだり蹴ったりだよ』

「それは……ごめん。さすがに謝る」

『そう思ってくれるなら聞かせてほしいね。喜多村トオルとの話。それからどうなったんだい？』

　ペースを握られるのはいつものことだ。

　訊《き》きたいことはぐっと我慢して、まずはユミリの要求に従うとする。

「どうなった、っていうほどのこともないけど」

僕は言葉を選びながら、

「言ってやったんだよあいつに」

『何をだい？』

「なんというかまあ……いろいろ誤解があった気がするし、すれ違いもあった気がするし、でもお互いに言いたいことは言ったというか、主張するべきは主張したというか……まあそういう話の流れになったのは完全に成り行き任せだったたし、それに喜多村《きたむら》の方は昨日の記憶をほとんどなくしてるみたいだったからさ。本当に歩み寄れたのかどうかわからんのだけど」

『ふむ、やはりね。記憶には障害が出るのか……無理もない、あの空間は気軽に足を踏み入れていい場所じゃないからね。まあ喜多村トオルがあの世界を創り出した張本人だったから、侵入者であるぼくに比べればダメージが軽いのはわかるけど。それにしても平気な顔をして学校に来られたのはおどろきさ。意外に図太いんだね彼女。こちとらコテンパンにやられたというのに』

「自在を売りにしてるボランティアヒーローなのにな」

『誰のせいだと思ってるのかな？　まあいい、それで？　君は彼女に何と言ったの？』

「あー……」

口ごもる。

よくよく考えると、これは誰かに話すようなことじゃない気がしてきた。

ふたりきりで、あの空気だったからこそ、自然と言葉が出てきたんだ。あらためて思い返してみると……うん、かなりアレなセリフだった気がする。

『言っておくけれど』

ユミリが釘《くぎ》を刺してくる。

『回答拒否は認めないよ？　そもそも僕がこうしてスマホ越しに報告を聞かなきゃいけない状況に陥っている原因が誰にあるのか、もういちど説明した方がいいかな？』

うっせーなわかったよ。

僕は観念する。ここはさすがに分が悪い。

「お前、今日から僕のパシリな。……って言ったんだよ」

我ながらクサいセリフだ。

廊下の窓ガラスを見ると、照れ隠しに苛立《いらだ》ち顔をしている自分の姿を確認できる。

「僕から喜多村にそう言った。で、僕は引き続き、お前のパシリをする。パシりの順番は一日おきに交替で。そうすれば金の貸し借りも気にしなくて済むだろ――ってさ」

『へえ』

とユミリは言った。

言って、そのまま押し黙った。

こういう時に通話は不便だ。相手の表情は想像するしかない。居心地が悪い。

「おい」

『……うん？』

「何か言えよ」

『ああいやごめんね。なんだかぼく、感動してしまってさ』

「どこにだよ」

『だってそれって粋な気遣いじゃないか。傷つけないように、言葉を選んで、これまでの関係をあえて否定しないで――しかもジローくんにとって、喜多村《きたむら》トオルからパシられていることは屈辱だったはずだよね？　夢の中で仕返しするぐらいなんだからさ。それでも昔のことは水に流して、それでいて喜多村トオルの告白を踏みにじることもしないで、新しい関係を提示したんだ。素敵じゃないか。ぼくはぼくの恋人が誇らしいよ』

「おいやめろ。ホメ殺しはガチでキツい」

『ひねくれ者だなあ』

ユミリは笑う。

『素直に受け取っておきなよ。本当にホメてるんだからさ』

「ていうかお前、それでいいわけ？」

『ん？　何がだい？』

「いちおう恋人同士なんだろ？　僕とお前はさ、お前に言わせればだけど。まあ実際はまったく恋人らしいことなんてしてないんだが」

『うん、何せいそがしいからね。君にはやってもらいたいことがあるし、ぼくはぼくで、こう見えてやることが多いから。せいぜいキスをしたり、公園のブランコで膝の上に乗ったり、ふたりきりで世界一周旅行をするぐらいしか、恋人同士らしいことをしてきてないのは確かだ……んん？　あれれ？　こうしてみるとぼくたち、けっこう特別なことをしてるんじゃないかな？』

「論点がズレてる。そういうことじゃなくて」

『わかってるさ、恋愛観がちがうと言いたいんだろう？　率直に言ってぼくは恋人を自分の所有物だとは思っていないし、独占する権利があるとも思っていないんだ。むしろ自分の恋人がモテているということは、それだけ恋人に価値がある、という証明でさえある。君が喜多村トオルとねんごろな関係になることをぼくは歓迎する。でなければそもそも、君に〝四人の女の子をオトしてもらいたい〟なんてミッションをさせるはずもない。……これで納得かな？』

「いや。そういうことじゃなくてだな」

『というか別に恋愛観はちがわないいか。独占する権利がないことは承知してるけど、ぼくに独占欲がないわけじゃないんだ』

　ユミリが言う。

　気のせいか、声のトーンが低くなったような。

『つまり、あくまでも正妻はぼく。この点は譲らない。あまり浮気が多いと、ぼくだって嫉妬するからね？』

「お、おう」

　正直ドキリとした。

　普段のユミリからは想像がつかない、すねた言い回しが、絶妙に可愛《かわい》かったから。

　おいおい。やめろよ急にそういうの。ギャップ萌《も》えは反則だろ。お前はもっとこう、僕の手が届かなそうな、孤高で唯一無二な感じでいてくれよ。

　じゃないと、こっちも本気になっちまうじゃないか。

『それでそれで？』

　一転。

　ユミリはいつもの彼女っぽい感じに戻って、

『その後はどうなったのかな？　まだ何かあるんだろう？』

「……お前、なんでそんな食いつきがいいの？　ていうかまだ続くのこの話？」

『恋バナは大好物なのさ、ぼくだって人並みにね。それでどうなんだい？　喜多村《きたむら》トオル

とはそれ以外に何かなかったのかい？』

「別に大したことは。ＬＩＮＥ交換しようぜ、って言われたから交換したくらい」

『ほうほう。何かもうやり取りはしたの？　スタンプとか』

「した。何かキモ可愛《かわい》いっぽいキャラが送られてきた。ウインクしながらバッキューン、ってピストル撃ってるやつ」

『宣戦布告じゃないかそれ。ジローくんを絶対にオトしてやる、という決意表明だろう？　いいねそうこなくては。とてもキュンとくる。ねえ君、ついでにぼくにもそのスタンプ、送ってくれる？』

「やり方がわかんねーよ。ていうか僕が話したいのはそんなことじゃないんだよ」

はしゃぎ気味のユミリを抑えて、僕は本題を切り出す。

「なあユミリ。僕って何なんだ？」

あのあわいの世界にて。

僕の夢に浸食されたという喜多村《きたむら》トオルが創り出した、一種の精神世界みたいな、閉鎖空間みたいな——おそらく僕が自由に見られるようになった自分の夢と無関係ではない、あの場所において。

僕は、僕ではなくなった。

怪物と化した喜多村トオルよりも、さらに強大で、そしてたぶん比較にならないくらいおぞましい力を持った、何か。そういうモノに僕は姿を変えて、喜多村トオルを粉砕し、彼女の中の何かを消滅させた——のだ。どうやら。

　確かなことは僕にもわからないけど、僕自身もその前後の記憶が曖昧になっているけど、そういうことがおそらく、起きたのだ。

　けっこう絶体絶命のピンチだったはずだ。ユミリも、僕も、そして喜多村トオルも。何だかわからないうちにそのピンチは終わった。結果オーライ、という気分にはとてもなれない。たぶんこれは、僕が想像していたよりも、僕がこれまで経験してきたどんなことよりも、深刻な問題なんじゃないか——そんな気がしてならないんだ。

　そもそも何もわかっちゃいないんだ、僕は。

　僕自身のことも、僕の周りで起きていることも。

　そして何より、今の状態をもたらすきっかけとなった、天神《あまがみ》ユミリという存在のことを。

『世界の敵さ』

　ユミリは簡潔に言った。

『他ならぬ君自身が言ったことでもあるよ。ジローくん、君は世界の敵だ。君が見る夢は世界そのものを浸食しうる。君はこの世界の病そのものであり、そしてぼくはこの世界のお医者さん《ドクター》を自認している存在だ。世界を冒す病を大小の区別なく治療する、良く言えば守護者《ガーディアン》であり、悪く言えば都合の良いボランティアでもある。やれることには限度があるし、制限もあるけれどね』

「その話はもう聞いた。でも曖昧なんだよ。ふわっとしてるんだ。お前が語ってるのはいつも、概念の話ばっかりだ。僕が日の当たりにしてる異様なことすべてが、僕の知ってる現実とは別の、夢の世界やらあわいの世界の話ばかりなんだ。実感ないんだよ。今、一体、何が起きてるんだ？　これからどうなるんだ？　僕は何をどうすればいいんだ？」

『君の主張はもっともだね』

ざわ、ざわ。

いよいよ生徒たちの姿も増えてきた。

ホームルームも始まる。そろそろ切り上げ時か。

『だけどこういう事情も理解してもらいたい——まず第一に、ぼくだってすべてを承知しているわけじゃない。それと〝未知の病〟というやつはいつだって現れるモノだ。とても暴力的に、こっちの都合なんてまったくお構いなしにね。それでも対処しないわけにはいかない。だからぼくみたいな存在が許されているんだと、ぼくはそう理解している。自在とは程遠い事実ではあるけどね』

「…………」

『いいじゃないかジローくん。君は確かにこう言っていたよ？　〝クソつまんねー人生がやっと面白くなってきやがった〟ってね。〝現世《うつしよ》は夢、夜の夢こそまこと〟——どこぞの大作家の惹句《じゃっく》が、ついに現実味を帯びたわけだ』

まあ確かに。

言ってはいたけど。

でもそれって、今とはまるっきり状況が違う時の話だからな？

『ともあれミッションコンプリートだ。とてつもなく強引で、無鉄砲で、無計画で、多分に偶発的だったけど。さしあたり喜多村《きたむら》トオルのオペは成功した。今は次の事件がすぐに起きないことを祈ろう。今のぼくの状態じゃ、連戦連闘はさすがに厳しいからね』

「ああ。そうだろうな」

『ぼくの回復が一段落すればジローくん、君が知りたいこと、知らなきゃいけないことを、たくさん教えてあげる。というより嫌でも知らなきゃいけなくなる。君が置かれている状況は、それだけ重大で責任の重いものだ。目をそらして放っておくことはできないけど、覚悟はいいかい？』

「……わかってるよ。そのくらいは。さすがに」

『ＯＫだ。じゃあ通話を切るよ。現実で、もしくはまた夢の中で会おう。スマホはあまり得意じゃないんだ。伝わることも伝わらない気がしてね』

そう言って通話が切れた。

僕は教室に戻る。教室はクラスメイトたちでひしめいている。

委員長の氷川《ひかわ》アオイがいて、ギャルの祥雲院《しょううんいん》ヨリコがいて、文芸部員の星野《ほしの》ミウがいる。

喜多村《きたむら》トオルと目が合った。「んだよ?」みたいな感じで軽く睨《にら》み返《かえ》してきて、すぐにそっぽを向かれた。

チャイムが鳴って担任の教師が入ってきた。

「おらーあ。みんな席つけ席ー」

ホームルームが始まる。

「出席取るぞー。あー……天神《あまがみ》は欠席、と」

担任の声を聞き流しながら僕は考える。

さっきのユミリとの通話で、僕が口にしなかったこと。

あのあわいの世界で、大ピンチで、僕がほとんど意識を手放していた時に、かろうじて聞き取れた気がする、ユミリの声。

『ああ』

『気づいてしまったね、ジローくん』

……あれってどういう意味なんだ?

あの口ぶりって、まるで知られてはいけないことがあるみたいじゃないか。

知られてしまうと誰かにとって都合の悪くなることが。あたかも存在するみたいに聞こえてしまうじゃないか。

僕は目を閉じる。

閉じるとありありと思い出す。

まだ感覚が残っているんだ。ウロコの生えた腕。かぎ爪。みなぎる力と衝動。

喜多村トオルという怪物を蹴散らした僕もまた、一匹の怪物だった。

現実と、そうじゃないもの。

その境が僕にはまだ見えていない。理解できていない。

僕はいったい何に巻き込まれ、どこへ向かおうとしているんだろうか。


「佐藤《さとう》ー。佐藤ジロー」

「あ。はい」

「島村《しまむら》ー。島村カオリー」

「はい」


……と、その時。

僕のスマホが何度か振動した。ぶるる、ぶるる。

滅多《めった》にないことだ。基本的にお知らせ系は通知を切っている。こっそりスマホの画面をのぞいてみると、ＬＩＮＥのメッセージが届いているようだった。

言うまでもないし言うのも業腹なんだけど、僕にＬＩＮＥのメッセージを気楽に送ってくる友達なんていない。ユミリとは、あいつが転校してきた初日に強引にＬＩＮＥを交換させられたけど、あとはさっき交換した喜多村《きたむら》ぐらいか。最大限に可能性を広げたとしても、あとはせいぜいウチのオカンぐらい。

メッセージの内容をひと目みた。

僕は平静を装って、スマホをそっとしまい込んだ。

「祥雲院《しょううんいん》ー。祥雲院ヨリコー」

「はぁーい」

すうっ、と全身から血の気が引く。

冷や汗。いや脂汗か？　これって。

ぜんぜん知らない誰かからのメッセージだった。差出人にあたる部分はブランクになっている。

「立川《たちかわ》ー。立川サトルー」

「うぃーす」

ぜんぜん知らない誰かからのメッセージ、だって？

なんだそれ？　そんなの届くことがあるのか？　誰かのいたずら？　いや、そんなもの送ってくる誰かなんて心当たりがない。仮にそんな酔狂な誰かがいたとしても、だ。だったらメッセージの内容に説明がつかない。

なんだこれ？

一体どういう意味だ？

このメッセージ、僕はどう受け取ればいい？

……担任が出席を取る声が続いている。

「氷川《ひかわ》ー。氷川アオイー」「はい」

「星野《ほしの》ー。星野ミウー」「ハイ」

この時の僕はまだ、何もわかっちゃいなかった。

世界のことも、僕自身のことも。僕がいったい何に巻き込まれているのかも。

気をつけろ
天神ユミリは嘘をついている

あとがき

「聞いてくださいよ大輔《だいすけ》先生」

編集者K氏が顔をしかめて言った。

「実はこんな出来事がありましてね――」

彼が語ったのは、とある失敗談についてだ。

くわしくは書けない。氏の名誉のために、ここでは『とある男女関係の機微におけるルサンチマンの話題』とだけ記しておく（それと脚色も多分に入っている）。

「……てなことがありましてね先生」

「ふんふん」

「自分としてはですね、僕のことを袖にした女どもにですね、一発ぎゃふんと言わせてやりたいわけですよ。いわゆる〝わからせ〟ってやつですわ」

「なるほどなるほど」

「どうですか先生。こんな僕の気持ち、わかってもらえます？」

彼の話をつぶさに聞いた私はしばし考え、そして膝を叩《たた》いた。

「わかる！」

加えてこうも言った。

「それ、小説にしよう！」


こうして〝わからせ〟られた私は、『ラブコメ・イン・ザ・ダーク』の原型を書き上げるに至った。作家と担当氏の他愛もない雑談から物語が生まれる、典型的な例と言えよう。

この作品、野球でたとえるなら『時速160キロの変化球』だと思っている。

つまり鈴木《すずき》大輔の最高傑作だ。

賛否両論あるのは当然。ご意見はSNSなり投書なりでお聞かせ願えれば幸いである。

二巻の初稿はとうに書き終え、順調にいけば夏頃には発行の運びとなる。

すでに結末が示されているこの作品。佐藤《さとう》ジローと天神《あまがみ》ユミリの行く末を、多くの皆さんに見届けて頂ければ幸いです。

2022年4月某日　鈴木大輔

ファンレター、作品のご感想をお待ちしています

あて先

〒102-0071　東京都千代田区富士見2-13-12
株式会社KADOKAWA　MF文庫J編集部気付
「鈴木大輔先生」係　「tatsuki先生」係

MF文庫J

ラブコメ・イン・ザ・ダーク

2022年 5月 25日 初版発行

著者 鈴木大輔
発行者 青柳昌行
発行 株式会社 KADOKAWA
〒102-8177 東京都千代田区富士見2-13-3
0570-002-301（ナビダイヤル）

印刷 株式会社広済堂ネクスト
製本 株式会社広済堂ネクスト

Printed in Japan ISBN 978-4-04-681407-4 C0193

◇◇◇

INFORMATION

義妹生活

好評発売中

著者：三河ごーすと　イラスト：Hiten

同級生から、兄妹へ。
一つ屋根の下の日々。

INFORMATION

ノーゲーム・ノーライフ

好評発売中

著者・イラスト：榎宮祐

「さぁ――ゲームをはじめよう」

いま“最も新しき神話”が幕を開ける！

INFORMATION

探偵はもう、死んでいる。

好評発売中

著者：二語十　イラスト：うみぼうず

第15回MF文庫Jライトノベル新人賞《最優秀賞》受賞作

I N F O R M A T I O N

ライアー・ライアー

好 評 発 売 中

著者：久追遥希　イラスト：konomi(きのこのみ)

嘘つきたちが放つ
最強無敗の学園頭脳ゲーム！

Re：ゼロから始める異世界生活

好評発売中

著者：長月達平　イラスト：大塚真一郎

**幾多の絶望を越え、
死の運命から少女を救え！**

INFORMATION

INFORMATION

ようこそ実力至上主義の教室へ

好 評 発 売 中

著者：衣笠彰梧　イラスト：トモセシュンサク

——本当の実力、平等とは何なのか。